Aufgewachsen in der DDR

Otto Künnemann

Wir vom Jahrgang 1942

Kindheit und Jugend

Impressum

Bildnachweis:

Titel: Umschlagvorderseite unten: Archiv Wolfgang Kindler, anderen Fotos: Autor

ullstein-bild -Photo12/Bernhard Crochet: S. 6u; ullstein-bild: S. 7, 11, 16o; Sabine und Manfred Ulmer: S. 8, 16u, 18o, 24 (2), 25, 28, 29, 32, 40, 41, 44, 47o, 55o, 62; ullstein-bild-imageBROKER/Michael Nitzschke: S. 10; Archiv Martina Güldemann: S. 18u, 19, 48o, 51, 58; Gisela Lenz: S. 17o; Kathrin Bohmeier: S. 17u, 49; Archiv Wolfgang Kindler: S. 27o, 30, 57u, 61, 63 (2); ullstein-bild-Uhlenhut: S. 31; Wolfgang Preußler: S. 43 (2); Copyright für das Mosaik von Hannes Hegen:Tessloff Verlag, Nürnberg: S. 45; Dr. Martin Helmstedt: S. 57o (2)
Alle weiteren Fotos: Archiv Otto Künnemann

Wir danken allen Lizenzträgern für die freundliche Abdruckgenehmigung.
In Fällen, in denen es nicht gelang, Rechtsinhaber an Abbildungen zu ermitteln, bleiben Honoraransprüche gewahrt.

7., überarbeitete Neuauflage 2020

Gestaltung und Satz: r2 | Ravenstein, Verden
Druck: Druck- und Verlagshaus Thiele & Schwarz GmbH, Kassel
Buchbinderische Verarbeitung: Buchbinderei S. R. Büge, Celle

34281 Gudensberg-Gleichen • Im Wiesental 1
Telefon: 056 03/9 30 50 • www.wartberg-verlag.de
ISBN: 978-3-8313-3142-0

Vorwort

Liebe 42er!

Unsere Kindheit und Jugend – lang, lang ist es her. Gönnen wir uns einmal die Freude der Erinnerung an diese vergangene Zeit. Kindheit und Jugend sind wohl im Leben eines jeden Menschen die schönste, vergnügteste und unbeschwerteste Zeit. Uns hatte es freilich etwas angeschmiert, und Sie wissen warum: Trümmer, Hunger, Stromsperre und Lebertran sind kein optimaler Start ins Leben. Aber waren wir deswegen unglücklich? Nicht unbedingt! Die Welt bestand nun mal aus Trümmern und Ruinen waren die tollsten Abenteuerspielplätze. Hunger gehörte zum normalen Alltag und ohne „Elektrisch" war's manchmal viel aufregender. Petroleum- und Karbidlampen waren für uns faszinierende Beleuchtungskörper.

Bleibt jedoch der Lebertran! Ja, das war schon grausam: Welch eine Qual, der gefürchtete allabendliche „Löffel des Schreckens". Und gnadenlos bekamen wir ihn eingetrichtert.

Übrigens, liebe 42er, haben Sie sich einmal Gedanken um Ihre „Entstehung" gemacht? Ich schon. Vater musste doch 1940 ins Feld. Und erst 1947 kam er aus Gefangenschaft wieder. Wie ging denn das? Ganz einfach: Urlaub! Anfangs regelmäßig, zuletzt nur noch in seltenen Ausnahmefällen gewährt. Ich z. B. weiß, dass ich ein „Urlaubskind" bin. Sie vielleicht auch?

Und nun wünsche ich uns 42ern ein gutes gemeinsames Erinnern an die ersten 18 Lebensjahre!

Otto Künnemann

Kein leichter Start ins Leben ...

Da strahlt der „PG“ (Parteigenosse). Stolz kann er den Kameraden seine blonde junge Frau präsentieren! Von einem Uniformträger wurde erwartet, dass er auch in Uniform heiratet. Als „Brautgeschenk“ des Staates gab es Hitlers „Mein Kampf“.

In Siegeszuversicht hineingeboren

Zur Zeit unserer Geburt ging der Zweite Weltkrieg bereits ins vierte Jahr. Die deutschen Armeen hatten große Teile Europas besetzt, sie kämpften auf allen Meeren, sie standen in Nordafrika und marschierten durch die russischen Steppen mit Stoßrichtung zur Wolga.

Die meisten Menschen in Deutschland glaubten an den „Endsieg“ und das Vertrauen in die Reichsführung, insbesondere in die Person Hitlers, war weitgehend ungebrochen. Erst mit dem Kriegseintritt der USA (11. Dezember 1942) und der militärischen Katastrophe von Stalingrad kamen erste Zweifel und böse Vorahnungen auf.

Chronik

Januar 1942
Die Wannsee-Konferenz zur „Endlösung der Judenfrage“ findet statt.

28. März 1942
Erster Großangriff der Royal Air Force. In Lübeck sterben über 300 Menschen.

3. Juli 1942
Die Wende im Krieg in Afrika. Rommel wird von den Briten vor El Alamein gestoppt.

2. Dezember 1942
In den USA wird der erste Atomreaktor der Welt fertig und geht in Probebetrieb.

15. Januar 1943
Das Pentagon in den USA wird fertiggestellt. Die Bauzeit umfasste nur 16 Montage.

2. Februar 1943
Die 6. Deutsche Armee kapituliert in Stalingrad: Wende im Russlandfeldzug.

18. Februar 1943
Reichs-Propagandaminister Goebbels ruft in Berlin zum „Totalen Krieg“ auf.

19. April 1943
Im Warschauer Ghetto beginnt der Aufstand. 56.000 Juden verlieren das Leben.

28. November 1943
Teheran-Konferenz zur politischen Aufteilung Europas nach dem alliierten Sieg.

11. Januar 1944
Der deutsche Tiger II, der feuerstärkste Panzer, gelangt zur Serienproduktion.

6. Juni 1944
„D-Day“: Die Westalliierten eröffnen die Zweite Front in der Normandie.

20. Juli 1944
Gescheitertes Attentat auf Hitler, grausame Hinrichtung der Verschwörer.

8. September 1944
Die erste als Vergeltungswaffe bezeichnete V2-Fernrakete erreicht London.

25. September 1944
„Volkssturmerlaß“ – alle Männer von 16 bis 60 Jahre müssen zur Wehrmacht.

Eine Taufgratulation aus dem Jahr 1942, vom „getreuen Taufpaten“ überreicht.

Stammhalter erwünscht

Wenn auch die Geburt eines Mädchens nicht als Unglück angesehen wurde, so ging doch die Hoffnung vieler werdender Eltern dahin, dass zumindest das Erstgeborene ein Junge sein sollte. In der Zeitung erhielt meist nur die Geburt eines Knaben den Zusatz „In stolzer Freude“. Diese Art Annonce wurde jetzt, 1942, bereits von einer ganz anderen überlagert, die den Zusatz „In stolzer Trauer“ trug. „Gefallen für Führer, Volk und Vaterland“. Und solche Anzeigen benötigten nun immer mehr Platz ...

Häufig sah es so aus, das erste offizielle Foto für Verwandtschaft und Freunde.

Mit der Sirene leben

Und wenn wir dann, sei es als erhoffter Stammhalter oder kleines süßes Mädchen geboren waren, hätte die Familie glücklich sein können – doch nein, sie konnte es nicht. Der Vater stand im Feld und uns betreute die Oma, denn die Mutter arbeitete jeden Tag neun Stunden in der Rüstungsindustrie, bei der Post oder bei der Reichsbahn: „Räder rollen für den Sieg!" Mit den einsetzenden Bombardierungen der Städte kam für unsere Mütter zur Sorge um das Leben des Mannes nun die Sorge um uns und um die eigene Existenz hinzu. War die Reichweite der Bomber anfangs begrenzt, so gab es seit Ende des Jahres 1943 keine Stadt mehr in „Großdeutschland", die nicht von den anglo-amerikanischen Flugzeugströmen hätte erreicht werden können. Und so gehörte „Fliegeralarm" damals in Deutschland zum täglichen Leben.

Beim nächtlichen Aufheulen der Sirenen sprang die nur halb ausgezogene Mutter aus dem Bett, fasste die bereitliegenden Sachen, riss uns samt Zudecke aus dem Gitterbettchen, griff sich den kleinen Koffer mit den Papieren und den wenigen Wertsachen und nichts wie hinunter in den „LSR". Meist war der „Luftschutzraum" nur der eigene Keller.

Ein zerstörtes Messegebäude in Leipzig.

Sport – bis 5 vor 12

Die NS-Führung wusste um die Wichtigkeit des Sports, auch oder vielleicht ganz besonders für die kämpfende Truppe. Die Soldaten an der Front diskutierten nicht darüber, ob sie morgen noch leben würden, sondern ob es in diesem Jahr Schalke 04, Hannover oder doch Dresden schafft. So wurden selbst 1944 noch Meisterschaften ausgetragen und wichtige Spieler konnten „u. k.“ gestellt werden (zum Kriegsdienst unabkömmlich). Letzter großdeutscher Fußballmeister wurde der Dresdner SC, und im Eishockey errang 1944 der Berliner SC Brandenburg den Titel.

Das Endspiel um die deutsche Kriegsmeisterschaft 1941. Rapid Wien – FC Schalke 04, 4:3.

Das Lebenszeichen – der Feldpostbrief

So sehnlich wie im Krieg ist wohl niemals wieder die Post erwartet worden. Spürten wir Winzlinge vielleicht die Freude der Mutter? Wusste sie doch nun, Gott sei Dank, er lebt und ist unverwundet. Und für den Vater bedeutete ihr Brief in seiner Hand, seinen Lieben daheim ganz nahe zu sein.

Man schätzt, dass die kostenlose Feldpost an die 30 Milliarden Sendungen in Form von Briefen und Karten, Päckchen und Paketen beförderte und das bis in die letzten Kriegstage. Für Normalpost auf dem Landweg gab es keine Beschränkung, wohl aber für die schnellere Luftpost. Die notwendigen aufzuklebenden Zulassungsmarken erhielten in begrenzter Anzahl nur Soldaten weit entfernter Kampfgebiete. Auch für Paketsendungen, beschränkt auf zwei Kilogramm Gewicht, benötigte man in beiden Richtungen (Heimat – Front und Front – Heimat) diese Zulassungsmarken.

Zum Überleben auf das Dorf

Um die Kinder wenigstens zeitweise vor den Bombenangriffen der Alliierten zu schützen, organisierte die „NS-Volkswohlfahrt“ die Kinder-Land-Verschickungen (KLV).

Großstadtkinder kamen in relativ sichere ländliche Gegenden. Die Älteren nicht selten klassenweise, mitsamt der Lehrerschaft. Und zur Sommerzeit konnte da sogar eine Scheune zum Kinderlager werden. Auch für ausgebombte Mütter mit Kleinkindern wurden die Landverschickungen organisiert. Bauern mussten Wohnraum stellen, das konnte durchaus eine Gartenlaube sein. Die Stadtfrauen, mehr oder oft weniger freundlich aufgenommen, halfen auf dem Hof und in der Landwirtschaft. Wenn das Leben hier auch nicht so ganz einfach war: Es gab jedenfalls keinen Bombenalarm!

Die Mutter gemeinsam mit den Kindern während der Landverschickung.

Der alltägliche Krieg

Mit der Erklärung des „Totalen Krieges“ im Februar 1943 wurde das Leben schwieriger. Man verlängerte die Arbeitszeiten, und die Zuteilungen auf die Lebensmittelkarten, die es nun schon seit 1939 gab, wurden verringert. Mutter war nun noch länger weg, aber wenigstens war für uns Kleinste die Versorgung gewährleistet. Überhaupt konnte eine Mindestbelieferung bis zum Kriegsende aufrechterhalten werden.

Mit dem Aufruf von Sonderzuteilungen, z. B. aus der sogenannten „Führerreserve“, sollte die Moral der Bevölkerung gehoben werden. Das konnte Zuckerwerk für die Kinder sein, Hülsenfrüchte, Tabakwaren oder – sehr selten – echter Bohnenkaffee! Die Menschen ließen sich trotz allem nicht unterkriegen. Man verstand es, etwas Freude in den Alltag zu bringen, wann immer es möglich war. Von größter Bedeutung ist das Kino gewesen. Zwei Stunden abschalten, den Sorgen entfliehen. Eintauchen in die kaum noch vorstellbare heile Welt. Schöne und fröhliche Bilder flimmerten da über die Leinwand.

Und wenn Mutter mit der Freundin in „Die Feuerzangenbowle“ ging (1944 der große Renner!), saß die liebe Omi an unserem Bettchen. Abends lauschte Alt und Jung im Radio dem „Wunschkonzert“ mit Grüßen an die Front und von dort in die Heimat und gemeinsam wurde der große Ohrwurm gehört, gesungen von Lale Andersen, täglich ausgestrahlt vom Sender Belgrad, die „Lili Marleen“.

Zeit der Erinnerung

In unserem kleinen Leben kam nun die Zeit erster bleibender Eindrücke. Individuell verschieden und von großer Bedeutung, ob man im Januar oder im Dezember geboren war. Es hätte eine bessere Zeit sein können für unsere ersten bleibenden Erinnerungen, doch wir konnten sie uns nicht aussuchen. War es wirklich das Bild „Ruhender Hirtenknabe“ überm Kinderbett, das ein Bombenopfer wurde oder weiß man's vielleicht nur von Mutters Erzählungen? Wie auch immer – eine Erinnerung aber teilten wir wohl alle, wenigstens die Stadtkinder. Eine akustische. Dieses Erinnern fand seinen Ausdruck selbst Jahre später mit dem Zusammenzucken, mit dem unwillkürlichen Erschrecken beim Aufheulen einer Sirene.

Frühjahr 1944. Nun schon sicher auf den Beinen, wird die große Welt erkundet.

Der Krieg kehrt heim

Deutschland, das 1939 mit dem Überfall auf Polen den Zweiten Weltkrieg auslöste und weite Teile Europas besetzt hatte, wurde mit Beginn des Jahres 1945 selbst zum Kriegsschauplatz. Der Zweifrontenkrieg gegen die Russen und die westlichen Alliierten überforderte die Verteidigungsmöglichkeiten der Deutschen. Ende Januar 1945 drangen die Russen in Oberschlesien ein und bereits am 22. März überschritten sie die Oder mit Stoßrichtung Berlin. Nach dem Scheitern der deutschen Ardennen-Offensive im Dezember 1944 gab es auch im Westen kein Halten mehr. Anfang März kämpften die Amerikaner auf Reichsgebiet und bis Mitte April wurden Magdeburg und Leipzig erreicht. Ende April trafen Amerikaner und Russen an der Elbe aufeinander. Um Berlin tobten Anfang Mai 1945 die letzten Kämpfe.

Amis oder Russen?

Den meisten Menschen war klar geworden, dass der Krieg nicht mehr gewonnen werden konnte. Durchhalteparolen und das Gefasel der NS-Propaganda von in Kürze bereitstehenden „Wunderwaffen" erreichten nur noch die eingefleischtesten Nazis. Durch das lebensgefährliche „Abhören von Feindsendern" hatte man exakte Kenntnis vom Vorrücken der Alliierten und eine bange Frage tat sich auf: Amis oder Russen?

Von den Gräueltaten der sowjetischen Verbände berichtete die Nazipresse ausführlich und im Osten setzte eine

Das Denkmal der Begegnung in Torgau. Es erinnert an das Treffen sowjetischer und amerikanischer Soldaten 1945 an der Elbe bei Torgau.

Treffen der US-Armee und der Roten Armee, Torgau 1945.

Massenflucht der Bevölkerung nach Westen ein. Viele von uns, die mit der Familie flüchteten, überlebten nicht. Andere verloren alles und nur die Glücklichsten, die z. B. auf dem Dorf lebten, hatten vom Krieg fast gar nichts mitbekommen. Wenn man befürchtete, ganz Mitteldeutschland werde von den Russen erobert, so traf das aus zwei Gründen nicht zu. Während gegen sie noch hartnäckig gekämpft wurde, erlahmte der Widerstand im Westen mehr und mehr. Und durch Hitlers gut ausgebaute Autobahnen kamen die voll motorisierten Amerikaner schnell voran. Für die Menschen war das Kriegsende eine große Erleichterung, zumal in den Städten.

Schluss der Bombardierungen und zum Glück nicht die Russen, die Amis waren da! Mitten in Deutschland konnten sich die, die von Stalingrad, und die, die von der Atlantikküste kamen, die Hand reichen. Die (offizielle) erste Begegnung zwischen sowjetischen und US-Truppen fand am 26. April 1945 in Torgau an der Elbe statt.

Rosinenschnitte und Blockschokolade

Die fremden Soldaten wirkten auf uns bedrohlich und mancher Junge meinte, im Krieg machen sich einige Gesicht und Hände schwarz, um vom Feind schlechter gesehen zu werden! Nun, der Irrtum klärte sich schnell auf und die Scheu vor den Fremden wich alsbald. Sie waren gar nicht böse.

So ungehalten und barsch die Amerikaner zu den Erwachsenen waren (Ausnahme ein hübsches „Fraulein"), so freundlich waren sie zu uns. An der Hand des großen Bruders wagte man sich ganz nahe an sie heran. Eine Schnitte vom Rosinenbrot oder ein Stück Blockschokolade waren der köstliche Lohn für diesen Mut.

Die Stunde Null

Vom schweren Neubeginn

Trümmer und Kälte, Kleidernot und ständiger Hunger: Wir Kinder litten wohl am meisten darunter. Unterernährung und als Folge Tbc, die gefürchtete Tuberkulose. Dem Fettmangel versuchte man mit dem schrecklichen Lebertran zu begegnen. Das härteste Schicksal unter uns erlebten die Waisenkinder, deren Mütter im Bombenhagel und deren Väter im Feld umgekommen waren. Aber hilfsbereite Menschen hatten ein Herz und nahmen sich ihrer an. Nicht wenige Jungen und Mädchen sind bei Fremden aufgewachsen, die für sie schon bald zu Mutti und Vati geworden sind.

Chronik

30. Januar 1945
Die Versenkung der „Wilhelm Gustloff“ stellt die weltgrößte Schiffstragödie dar.

13. Februar 1945
Bombardierung Dresdens, ca. 25.000 Opfer (Schätzung).

30. April 1945
Selbstmord Adolf Hitlers gemeinsam mit Eva Braun im Berliner „Führerbunker“.

7. Mai 1945
Die deutsche Wehrmacht kapituliert in Reims bedingungslos zum 8. Mai 1945.

1. Juli 1945
Wechsel der Besatzungsmacht in Sachsen und Thüringen (Jalta-Abkommen).

22. April 1946
Vereinigung von KPD und SPD zur SED in der sowjetischen Besatzungszone.

8. Mai 1946
Die erste offizielle Messe nach dem Zweiten Weltkrieg wird in Leipzig eröffnet.

5. Juni 1946
231 Firmen, fast alle sind Großbetriebe, gehen in das Eigentum der UdSSR über.

2. September 1946
In der Bodenreform wird aller Grund und Boden über 100 Hektar Fläche enteignet.

1. Oktober 1946
Verkündung der Urteile im Nürnberger Prozess, dabei zwölfmal die Todesstrafe.

4. Januar 1947
Die erste Ausgabe des „SPIEGEL“ erscheint.

15. Januar 1947
Marschall Sokolowski gibt das Ende der Betriebsdemontagen im Osten bekannt.

April 1947
Trumandoktrin, wirtschaftlicher Wiederaufbau der Westzonen (Marshall-Plan).

18. August 1947
In Konkurrenz zu Leipzig eröffnet in der „Bi-Zone“ die erste Hannovermesse.

Die 1945 festgelegten Zonengrenzen und die Sektorenteilung Berlins.

Viergeteiltes Land

In der Jaltakonferenz auf der Krim hatten im Februar 1945 Roosevelt, Churchill und Stalin die Aufteilung des besiegten Deutschen Reiches – unter Einbeziehung Frankreichs – in vier Besatzungszonen festgelegt. Aufgrund dieser Grenzziehungen wechselte im mitteldeutschen Raum im Juli 1945 die Besatzungsmacht. Der Schreckensruf „Die Russen kommen!“ ging durchs Land. Wenn man auch versuchte, die Angst vor uns Kindern zu verbergen, das bekamen wir schon mit und fürchteten uns wie die Großen. Nun, gar so schlimm wurde es nicht, aber die Ostdeutschen hatten jetzt auf jeden Fall das schwerere Los zu tragen.

Das Nachkriegselend beginnt

Die zerbombten Städte, in denen bewohnbarer Raum knapp war, mussten ab Herbst 1945 noch Tausende von Zwangsumsiedlern aus den ehemals deutschen und nun polnischen oder tschechischen Territorien aufnehmen. Die bedauernswerten Umsiedler waren nicht gern gesehen. Sätze wie „Unser letztes Zimmer haben die belegt“ oder „Noch mehr Fresser in der Stadt“ hörte man überall. Hinzu kam, dass die Fremden meist katholisch waren, was im weitgehend protestantischen Mitteldeutschland schlecht ankam. Nicht selten waren wir Kinder die Wegbereiter zur Verständigung, da wir weit schneller zueinander fanden als die Erwachsenen. Die Zuteilungen auf den Lebensmittelkarten waren vor allem in den unteren Kategorien, z. B. für Personen, die nicht arbeiten konnten, kaum zum Überleben ausreichend.

Bewundernswerter Mut zum Neuanfang

Vor dem heute unvorstellbaren Chaos, in das der Krieg die Städte gestürzt hatte, nicht zu kapitulieren, das schier nicht zu Bewältigende anzupacken, das zeichnete unsere Mütter aus.

„Republik“ im Niemandsland

Im Erzgebirgsraum ist es am Ende des Krieges zu einem Kuriosum gekommen. Durch einen Irrtum der alliierten Militärbehörden blieb ein 520 km² großer Kreis unbesetzt. Zwischen Johanngeorgenstadt und Aue, zwischen Eibenstock und Markersbach mit dem Zentrum Schwarzenberg befanden sich vom 8. Mai bis zum 4. Juli 1945 keinerlei Besatzungstruppen! Die ca. 50 000 Einwohner wählten einen „Aktionsausschuss“ zur demokratischen Selbstverwaltung. Nach Erkennen des Fehlers kam die sogenannte Republik Schwarzenberg zur Sowjetzone (SBZ).

Was für eine schwere, völlig ungewohnte Arbeit! – „Trümmerfrauen" im Einsatz.

Männer waren schließlich „Mangelware". Nur ganz langsam ging es voran. Doch erste Lichtblicke gab es bereits, beispielsweise diesen: Genau ein Jahr nach Ende des Krieges konnte in Leipzig am 8. Mai 1946 die erste deutsche Nachkriegsmesse eröffnet werden! Und unter den Ausstellern war sogar ein Ausländer – ein Schweizer.

Zum „Hamstern" ging's aufs Land

„Junkerland in Bauernhand": Im Zug der Bodenreform kam es zur Enteignung aller großen Agrarbetriebe. „Neubauern" wurden angesiedelt und mit einer Grundausstattung versehen.

Die hungernden Städter suchten scharenweise die Dörfer heim, denn auf dem Land gab es etwas zu essen. Leicht war das nicht. Manche Bauern öffneten die Tür erst gar nicht oder ließen den Hofhund von der Kette. Ziel des Hamsterns war es, Lebensmittel einzutauschen. Ware gegen Ware. Da kamen die unglaublichsten Tauschgeschäfte zustande.

„DER GRUNDBESITZ SOLL SICH IN UNSERER DEUTSCHEN HEIMAT AUF FESTE, GESUNDE UND PRODUKTIVE BAUERNWIRTSCHAFTEN STÜTZEN, DIE PRIVATEIGENTUM IHRES BESITZERS SIND."

URKUNDE

Auf Grund der Verordnung der Provinzialverwaltung Sachsen über die Bodenreform vom 3. Sept. 1945 wird dem Bauern
wohnhaft in der Gemeinde … Kreis …
ein Grundstück
im Umfang von … ha, einschließlich Wald
rechtskräftig
zum persönlichen, vererbbaren Eigentum übergeben.
Das dem Bauern … übergebene Grundstück liegt in der Gemeinde … und hat laut dem von der Bodenkommission aufgestellten Verteilungsplan die Nummer
Der Bauer … erhält das Grundstück
schuldenfrei
Diese Urkunde berechtigt zur Eintragung des Grundstücks in das Grundbuch.

…, den … 1946 Kreis …

Der Präsident

Der Landrat

Landbesitzurkunde zur Bodenreform.

Diese beiden schwer beladenen Frauen
waren beim Hamstern erfolgreich.

Teppiche hatte der biedere Landmann bereits im Überfluss. Aber an Opas goldener Uhr bestand durchaus Interesse. Für einen halben Zentner Kartoffeln, eine Seite Speck und ein Dutzend Eier wechselte sie den Besitzer. Das war ein gutes Geschäft. Gold kann man nicht essen, selbst wenn Lange & Söhne draufsteht. Die Mutter mit ihrem Vierjährigen an der Hand, die gar nichts zu tauschen hatte, hoffte. „Bitte, nur ein Stückchen Brot für meinen Jungen.“ Welche Bauersfrau, sicher selbst Mutter, konnte sich da verschließen! Und wer gar nichts erreichte, half z. B. beim Rüben-Verziehen. Ein paar Rübchen und ein Rucksack Rübenblätter waren karger Lohn.

Glücklich schaut sie nicht aus, die junge Dame mit dem Herrn in ihrem Bade. Die Frisur hieß übrigens „Sahnerolle“.

Vater ist da!

Da klopft eines Abends ein fremder Mann an die Behelfsheimtür. Mutter schreit auf und fällt ihm um den Hals. Wir werden hochgehoben und gedrückt. „Vater, Vati ist da!“ Ach so. Und Mutter will ihn gar nicht wieder loslassen. Uns interessiert aber noch mehr, was in dem großen Koffer ist, den Vater mitbringt. Alles ist sehr aufregend und fröhlich. Eins verstehen wir aber nicht – warum weinen die denn?

Die Westalliierten gaben 1946/1947 die Kriegsgefangenen frei. Welch

Sie und er mit ersten eigenen Fahrzeugen.

eine Wiedersehensfreude! Und welch neuer Schmerz für die, deren Vater nach wie vor in Russland war und dort viele weitere schlimme Jahre verbringen musste. Und noch weit bitterer für so viele Frauen und Kinder, die nicht mehr hoffen konnten.

Kindliches Leben

Die ersten beiden Nachkriegsjahre, vor allem der Winter 1946/1947 – das war die schlimmste Zeit in Bezug auf Kleidung, Licht, Heizung, vor allem aber auf die Ernährung. Für die meisten Menschen gab es den Kampf um das tägliche Brot und diesen Kampf erlebten wir Kinder aus erster Hand und hautnah mit.

Auch wenn unsere Eltern manchmal in all der Not kaum noch weiterwussten und dem Verzweifeln nahe waren – uns betraf das nicht. Mit wunderbarem Vertrauen wusste man, dass morgen irgendetwas im Ofen knistert, und Mutter und Vater würden etwas Essbares herbeischaffen. Vielleicht eine Zudelsuppe (rohe Kartoffeln samt Schale in kochendes Wasser gerieben), weit besser mundete uns eine

„Bitte recht freundlich." Kinderwagen erlebten meist eine Mehrfachnutzung.

Aber Weihnachten ist doch das Beste! Und die tollen Holzgeschenke fertigte die benachbarte Tischlerei an.

Mehlsuppe mit einem Löffel herrlich süßen Rübensirups, vielleicht auch zwei, drei wunderbare gekochte Kartoffeln oder gar eine dicke Scheibe Brot ...

Bloß bei den Rübenblättern, die sich in „Spinat“ verwandelten, oder beim ungeliebten Mangold aus dem winzigen Vorgärtchen kam keine rechte Essensfreude auf. Aber wie gut, dass Kinder mit (fast) jeder Lebenslage zurechtkommen, dass wir uns trotz allem und gern zum gemeinsamen Spiel in fanden und in der Lage waren, der tristen Situation eine fröhliche Seite abzugewinnen.

Deutschland – einig Vaterland

Bei allen Demonstrationen und Kundgebungen dieser Zeit war die Hauptforderung stets die nach der Einheit Deutschlands. Es hieß: „Deutsche an einen Tisch!“ Selbst für die SED blieb das Thema Wiedervereinigung über Jahre ein zentrales Thema, wusste die Partei doch einmal das Volk hinter sich. Anfangs gab es Ost-West-Gespräche und Anfang Juni 1947 sogar eine dreitägige gesamtdeutsche Ministerkonferenz. Dort traf man aber bereits auf so deutliche Interessengegensätze, dass es zu keiner zweiten gekommen ist.

Den Vertretern der Westzonen ging es ausschließlich um wirtschaftliche Fragen, während bei ihren Kollegen aus dem Osten die Politik im Vordergrund stand. Geschichtliche Tatsache ist, dass sich der Westen zuerst separierte und sich die sowjetische Zone bzw. die spätere DDR-Führung bei den schwerwiegenden, die Nation spaltenden Maßnahmen des Westens in der angenehmen Rolle des all das zutiefst bedauernden Nachziehenden befand.

Aufmarsch zur Vereinigung von KPD und SPD zur SED (1946).

Für uns Kleine war das natürlich gar kein Thema. Aber die, die z. B. eine „Westtante“ hatten, bekamen frühzeitig mit, dass es sich schnell vergrößernde Ost-West-Unterschiede gab.

Die Maifeier 1947 mit Volksfestcharakter.

Das neue Geld

Der Geldumtausch in den drei Westzonen war lange und einseitig vorbereitet worden. Die attraktiven neuen deutschen Banknoten wurden in den USA hergestellt. Am 18. Juni 1948 trat in Westdeutschland und Westberlin die separate Währungsreform in Kraft. Nach diesem einseitigen Geldumtausch war der Osten gezwungen augenblicklich nachzuziehen. Einem Provisorium der Kupon-, der „Klebemark“ (die alten Reichsbanknoten bekamen Aufkleber) folgte vom 24. bis 28. Juni 1948 die Ausgabe der neuen D-Mark (Ost). Vorerst wurden nur 70 DM pro Kopf im Verhältnis 1:1 getauscht. Das betraf auch neue Spareinlagen. Größere Bargeldbeträge wertete man 5:1 ab und Alt-Sparguthaben wurden sogar nur 1:10 angerechnet.

Anfangs galt die Ostmark im Verhältnis 1:1 auch in Westberlin. Da die 1- bis 50-Pfennig-Stücke nicht getauscht wurden, gab es jetzt „reiche“ Kinder, die die letzten alten Münzen verschleudern durften. Da konnte uns nach der sechsten oder siebenten Karussellfahrt schon mal übel werden.

Der für uns noch heute erstaunlich vertraut wirkende 1-DM-Schein von 1948 und die „Alu-Chips", bestehend aus dem Münzmetall, aus dem die meisten armen Länder prägten.

„Aktivist des Fünfjahrplanes", Staatliche Auszeichnung, April 1951.

Schwarzer Markt und HO-Läden

In den ersten Nachkriegsjahren etablierte sich aufgrund des allgemeinen Warenmangels ein schwunghafter Schwarzhandel. Der staatlicherseits bekämpfte „Schwarze Markt" (Razzien durch Überfallkommandos) bot alles, was die Wirtschaft nicht bieten konnte. Natürlich zu überteuerten Wucherpreisen. Zur Zweitwährung bei all den Schiebergeschäften wurden Ami-Zigaretten. Dem Schwarzen Markt versuchte man mit der Gründung der HO (Handelsorganisation) zu begegnen.

Ab 15. November 1948 öffneten die ersten HO-Läden. Dort konnte man markenfrei kaufen. Das heißt, wer es sich leisten konnte! Und das waren die allerwenigsten. Ein Pfund Margarine kostete z. B. 50,– Mark und der Monatslohn eines Arbeiters betrug etwa 300,– Mark brutto. Und trotzdem brachte es die mit dem Pfennig rechnende Mutter einmal fertig, ihrem Sprössling eine unvergessene Köstlichkeit zu kaufen – ein Schweinsohr, zum stolzen Preis von 5,– Mark.

Zu dieser Zeit begann die „Aktivistenbewegung", die bis zum Ende der DDR Bestand hatte. Der Bergmann Adolf Hennecke hatte am 13. Oktober 1948 die Tagesnorm mit 387 Prozent erfüllt. Das wurde zur Grundlage der erwünschten Leistungssteigerungen. „Normenbrecher" und „Arbeiterverräter" – das sagte uns als Kinder nichts. Im Gegenteil, man war stolz, an des Vaters Hand, dieser geschmückt mit der „Aktivistennadel", an der Maidemonstration teilnehmen zu dürfen. Etwas später, als die Begeisterung für Aufmärsche spürbar zurückging, versuchte man einen Anreiz zu schaffen. Das konnte z. B. die kostenlose Ausgabe einer Bockwurst sein.

Plakat gegen Schwarzen Markt und Wucherpreise aus dem Jahr 1948.

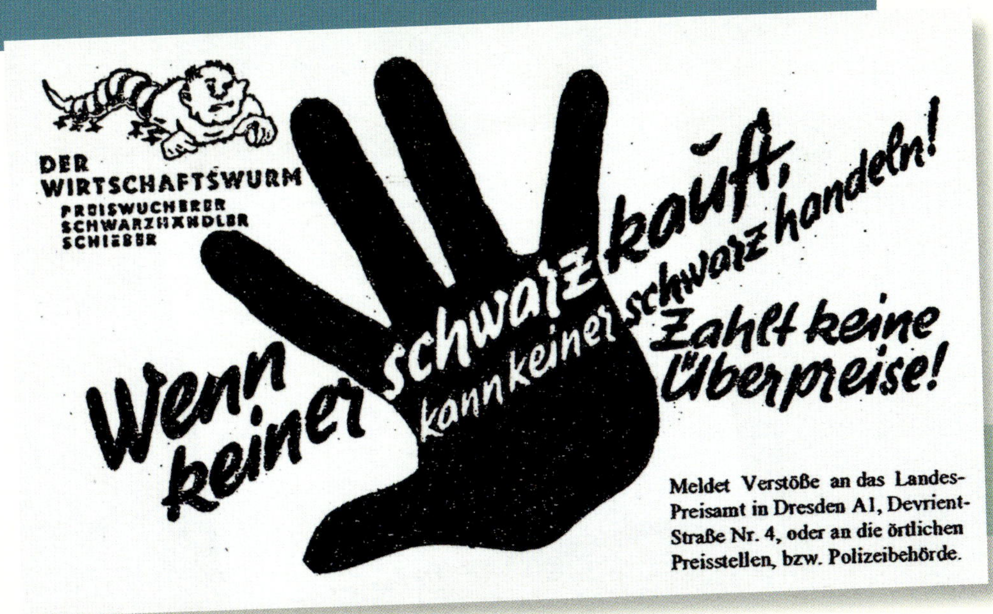

Schule und Pflichten – **Spiele und Sport**

Ein neuer Lebensabschnitt beginnt

Wie schaffen es Erwachsene immer wieder, in Kindern Vorfreude auf die Schule zu erwecken? Gingen wir dorthin doch alle mit Begeisterung – vorerst jedenfalls. Für nicht wenige kam jedoch schon bald die Ernüchterung. Wie viel schöne Zeit stahl einem diese Einrichtung! Zeit, die mit tollen Spielen, weiterem Ausbau der Burg im Vorgärtchen oder Stichlingsfang im nahen Bach weit besser zu nutzen gewesen wäre. Es half nichts. Selbst Mutter, die mit uns immer sehr nachsichtig war, meinte: „Schule ist nun mal ein Muss, basta!" Und eins sei zugegeben: Als sich uns die großartige Welt der Buchstaben erschloss und ganz richtig am Firmenschild gleich gegenüber „Kohlenhandlung von Carl Einführer" zu lesen war, regte sich ein gewisser Stolz. Um des Lesens willen wurde der Schule – teilweise – verziehen. Über die von Schülergenerationen tintenbefleckten Holzbänke „aus einem Stück" fielen nun muntere 35 neue Knaben her.

Chronik

23. April 1948
Mit SMAD-Befehl wird die Vereinigung Volkseigener Betriebe (VVB) gegründet.

16. Juni 1948
Währungsreform in den Westzonen. Die D-Mark löst die alte „Reichsmark“ ab.

23. Juni 1948
Mit der Ausgabe der „Kupon-Mark“ gibt es auch im Osten eine Währungsreform.

24. Juni 1948
Die UdSSR verhängt die Berlinblockade, die USA sichern eine Luftversorgung zu.

2. Dezember 1948
Eröffnung der Freien Universität Berlin, Gegenstück zur Humboldt-Universität.

14. Februar 1949
Erster Ministerpräsident Israels wird David Ben-Gurion.

4. April 1949
Gründung der Nato

20. September 1949
Konstituierung der Bundesrepublik Deutschland. Hauptstadt wird Bonn.

7. Oktober 1949
Konstituierung der Deutschen Demokratischen Republik, Hauptstadt Berlin.

8. Februar 1950
Gesetz zur Bildung des Ministeriums für Staatssicherheit verabschiedet.

6. Juli 1950
Die DDR und Polen erkennen die Oder-Neiße-Linie als Staatsgrenze an.

1. Mai 1950
In der Bundesrepublik werden die letzten Lebensmittelkarten abgeschafft.

7. September 1950
Ungeachtet zahlreicher Proteste wird in Ostberlin das Schloss gesprengt.

1. Januar 1951
Start zum ersten Fünf-Jahr-Plan in der sogenannten DDR-Volkswirtschaft.

3. Dezember 1951
Die DDR lehnt die Teilnahme einer gesamtdeutschen Olympiamannschaft ab.

Von Schiefertafeln und Tintenfässchen

Geschlechtertrennung war 1948 noch allgegenwärtig und die Schulklassen hatten immense Stärken. Wir ABC-Schützen benutzten zunächst einen Schieferstift auf gleichnamiger Tafel (haben Sie auch noch das Quietschen der Stifte im Ohr?). Bald schon folgten Tinte, Heft und Federhalter. Und natürlich ging dann eine schreckliche Kleckserei los. Das Tintenfässchen konnte zum Glück nicht umfallen, es

Erster Ranzeninhalt: Schiefertafel, Penal (Schieferkasten) und die Fibel. Am Ranzen: Schwamm und Lappen, die Geräte zur Tafelreinigung.

Eine im August 1948 eingeschulte Jungenklasse mit dem Herrn Lehrer.

war oben in der Bank eingelassen. Der „Tintendienst“ füllte es regelmäßig auf. Man hörte davon, dass in den gemischten Klassen böse Buben gern das Zopfende eines vor ihnen sitzenden Mädchens eintauchten. Neben dem Tintenfässchen befand sich die Vertiefung für den Federhalter.

Gute Leistungen wurden im Heft mit einem roten Strich honoriert, schwache bekamen Blau. Ein Strich „Halb-und-Halb“ war zumindest bedenklich. Es war uns tatsächlich peinlich, mit blauem Strich nach Hause zu kommen! Mit der Versetzung in die zweite Klasse war schon etwas geschafft. Denn nun waren wir nicht mehr „Erstengrutscher – Nubbelnutscher“ und konnten unsererseits die „Küken“ vom Jahrgang 1943 hänseln.

Eine 1948 eingeschulte Mädchenklasse mit dem Fräulein Lehrerin.

Der schlimmste Hunger war vorbei

Auch wenn man sich auch um 1950 wieder einigermaßen satt essen konnte, so war doch das meiste von geringem Nährwert. Butter, Fleisch und Zucker waren nach wie vor knapp rationiert. Und so waren viele Kinder erschreckend dünn und hatten Untergewicht. Die besorgte Mutter ging mit uns zur amtsärztlichen Untersuchung und konnte ohne Mühe eine vier- bis sechswöchige Kur im Land-Kinderheim erwirken. Doch Heimweh, die fehlende vertraute Umgebung und ein barscher Ton der „Tanten" stellten den Erfolg sehr infrage. Die Waage hatte sich nach sechs Wochen kein Stück nach oben bewegt.

„Gruß aus dem Erholungsheim", 1950

Schulspeisung

Viele unserer Mütter waren allein erziehend und um die Kleinfamilie ernähren zu können, mussten sie ganztags arbeiten gehen. So war die Verpflegung, vor allem das Mittagessen, für das Schulkind ein Problem. Da bedeutete es eine spürbare Erleichterung, als mit Schulbeginn im September 1949 die Schulspeisung eingeführt wurde. Sie bestand zunächst aus einem täglich gereichten Brötchen mit Aufstrich zum Preis von 20 Pfennig. Ab 15. April 1950 gab es ein warmes Mittagessen zum Preis von 55 Pfennig. Wenig später kam noch ein Viertelliter Vollmilch hinzu. Schüler aus Familien mit mindestens drei Kindern aßen und tranken kostenlos.

Präsident Wilhelm Pieck, durchaus ein „Landesvater", der sich bis 1953 einer gewissen Beliebtheit erfreuen konnte.

Von Aga-Paste ...

Für uns Nachgeborene ist die Mangelwirtschaft der Nachkriegszeit nicht mehr vorstellbar. Not macht erfinderisch. Unglaublich, mit was der Speisezettel bereichert wurde. Da war das Ausbeuten der Natur: Pilze und Hagebutten, Eichelmehl, Sauerampfer- oder Löwenzahnsalat, Brennnesselsuppe, Schlehen und Holzäpfel. Manches schmeckte fürchterlich, anderes war erträglich. Weiter ging's mit Ersatz-Lebensmitteln und wir alle erinnern uns wohl noch an die Aga-Paste. Ein undefinierbarer Brotaufstrich, hochfein, in verschiedenen Geschmacksnuancen.

Mutter verkündete zur gereichten Aga-Schnitte: „Heute mit Leberwurst-Aroma!" Unvergessen sind die kleinen blau-gelben Süßstoff-Schachteln. Sehr beliebt bei uns Kindern war der Kunsthonig. Eine langlebige Kriegserfindung, die unserem ständigen Verlangen nach Süßem entgegenkam. Der Kunsthonigwürfel, von dem man abstechen konnte, kam später in der DDR zur Veredlung: „Mit 10 Prozent echtem Bienenhonig!"

Kopfteil einer Punkte-Karte Z 2F, auf die auch Igelitschuhe bezogen werden konnten (falls etwas lieferbar war...).

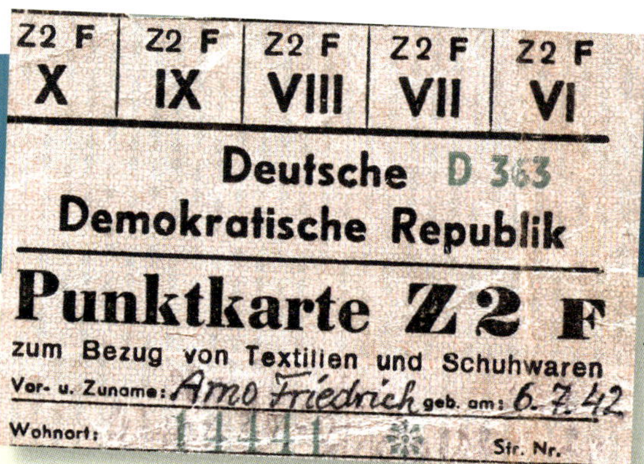

Z2 F	Z2 F	Z2 F	Z2 F	Z2 F
X	IX	VIII	VII	VI

Deutsche D 363
Demokratische Republik

Punktkarte Z 2 F
zum Bezug von Textilien und Schuhwaren

Vor- u. Zuname: Arno Friedrich geb. am: 6.7.42

Wohnort: Str. Nr.

... und Igelitschuhen

Unsere findigen Mütter haben für uns immer irgendwie Kleidung beschafft.

Meist selbst geschneidert und das Material kam häufig aus Wehrmachtsbeständen. In einem Punkt waren sie jedoch überfordert: beim Schuhwerk. Da Leder Mangelware war, kam ein früher Kunststoff zum Einsatz: Igelit. Igelitschuhe hatten wunderbare Trageeigenschaften. Sie kühlten im Winter (das

Spielende Kinder – die Jungen selbstverständlich barfuß.
Ein Farbfoto war zu dieser Zeit selten.

Material wurde steinhart) und heizten im Sommer, Schweißfußgarantie eingebaut. Wohl dem, der keine zu tragen brauchte. Alle Jungen und viele Mädchen gingen aber ohnehin den ganzen Sommer über barfuß.

Milchwirtschaft

Milch spielt im kindlichen Leben eine wichtige Rolle. Das war bei uns nicht anders. Allerdings, wenn wir gesund waren und dem Kleinkindalter entwachsen, bekamen wir keine mehr. Zumindest keine richtige. Unsere Milch hieß „entrahmte Frischmilch“, besser als Magermilch bekannt. Aber selbst dieses dünne bläuliche Etwas wurde nur in kontrollierten Mengen abgegeben. Zum Milchmann durften wir mit Kanne, Karte und in Papier eingewickeltem Kleingeld selbst gehen. Aus den Aluminiumschöpfern

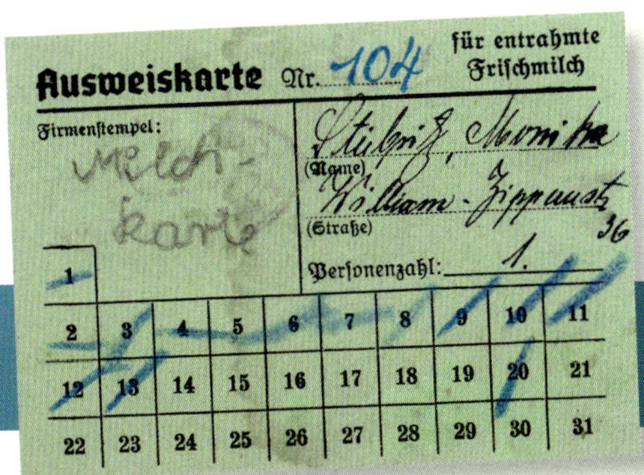

Eine Berechtigungskarte zum Empfang von Magermilch aus dem Jahr 1952.

(Viertel-, Halb- und Litermaße gab es) ergoss sich die Magermilch aus der großen Milchkanne in unsere kleine. „Vielen Dank" – und noch einen sehnsüchtigen Blick auf die wunderbaren eingewickelten Bonbons in der Auslage. Vielleicht hatte ja Mutter am Monatsende ein paar Gramm an Zuckermarken übrig und wenn Vater ein bisschen Geld gab …

Eines Tages war der Milchladen geschlossen. „Der hat gepanscht, den hamm'se abgeholt!" Bei einer Kontrolle war Wasser in der „richtigen" Milch gefunden worden. „Abgeholt werden" konnte man überhaupt sehr schnell, besonders aus politischen Gründen. Auf „Agenten", „Saboteure" und „Volksverhetzer" warteten drakonische Zuchthausstrafen.

Rumkugeln und Brausepulver

Unsere privaten kulinarischen Vergnügungen hielten sich aus finanziellen Gründen sehr im Rahmen. Das berühmte Brausepulver (10 Pfennig), eine Kugel Eis (15 Pfennig, Schoko 20!) oder eine delikate Rumkugel (10 Pfennig), so etwas konnte man sich nicht allzu oft leisten. Letzteres, die Rumkugel, bezeichnete Vater abwertend als „zusammengekratzten Backofendreck", den er nicht kaufte. Nun, das schmälerte die Liebe zu ihr nicht.

Ausflug mit der ganzen Familie – und sogar ein Freund durfte mitkommen.

Aber unsere Väter konnten auch ganz anders. Bei den geliebten Familienausflügen hatten sie gerne die „Spendierhosen" an. Welche Freude, im Dorfgasthaus einzukehren. Für uns Kinder gab's einen Streifen Pumpernickel (markenfrei!), dazu eine köstliche Fassbrause oder eine gleichfalls hochgeschätzte giftgrüne Waldmeister-Limo.

Zum zehnten Geburtstag in den Zoo, wo man sich mit einem Löwenkind fotografieren lassen konnte.

Nur noch bisschen auf die Straße

Wenn uns Mutter fragte, wo man denn, vielleicht eine Stunde vor dem Abendbrot, noch hin will, war häufig die Antwort: „Bloß noch bissl off de Straße." Auf der Straße, das konnte im Hof sein oder im kleinen Park um die Ecke, da traf man immer jemanden. Kinder aus der Nachbarschaft, Klassenkameraden. Und rasch einigte man sich auf ein Spiel. Hasche, (Wiedertipp gilt nicht), Verstecken („wer hinter mir steht, der isses"), Murmeln (die edlen Glasmurmeln mit bunten Innenkringeln werteten viele Tonkugeln auf).

Aber wenn einer gar einen Ball dabeihatte, gab's nur noch eins: Fußball! Rasch bildete man zwei Mannschaften. Abgelegte Jacken oder Pullover wurden zu Torpfosten. Und mitten im aufregendsten Spiel ein Ruf aus dem gegenüberliegenden Haus: „Rudi, komm hoch!" – „Ooch, nee, Mutti, die sinn alle noch unten – bloß noch fimf Minuten." Die Mädchen vergnügten sich inzwischen mit „Himmelhuppe". Mit Kreide auf die Straße gemalte Kästen mussten bis zum „Himmel" in verschiedenen Hüpftechniken überwunden werden. Manche waren sehr geschickt. Wir Jungen sahen das nicht ohne Respekt. Doch niemals hätten wir uns zu einem anerkennenden Wort für eines der „Weiber" aufraffen können.

Auch zehn Jahre nach der Zerstörung boten sich noch immer diese Bilder: Unten wieder geschäftiges Leben – oben noch drohende Mahnung.

Lausejungen

Die „Bande" bestand aus den Jungen unseres Viertels. Nicht aus allen. Man musste aufgenommen werden und da galt es Mut- und Geschicklichkeitsproben zu bestehen. Welcher Stolz, wenn man dann sein „Dokument" ausgehändigt bekam und dazugehörte! Ein schöner großer Stempel zierte den Ausweis: „Reichskreditkasse Köthen (Anhalt)." Unser „Vereinslokal" befand sich im Keller eines Trümmergrundstückes. Davon gab es ja reichlich. Zutritt nur für Mitglieder. Bescheiden möbliert mit dem, was sich eben so fand. Ein dauerhaftes Problem blieb die Beleuchtung. Einem Jungen, der zunächst keine Chance gehabt hatte, Mitglied zu werden, gelang dies doch, nachdem er zu Hause drei Kerzen „abgestaubt" hatte.

Spielzeit

Spielzeug kaufen war in unserer Kindheit völlig unüblich. Das Geld reichte gerade für das tägliche Leben, ganz abgesehen davon, dass kaum etwas angeboten wurde. Manchmal war noch etwas aus Vorkriegszeiten da, ein lieber Vater hatte gebastelt oder der Opa ein paar Reiterfiguren aus seiner Jugend gefunden. Ansonsten waren Erfindungsgabe und Kreativität bei uns Kindern gefragt. Gummipistole (Basis: Holz-Wäscheklammern) und Katapult, Wassermühle und Pfeifen (Basis: frisches Weidenholz) waren Marke Eigenbau.

Schlachten haben wir Jungen geschlagen mit Soldaten aus verschieden gefärbten Stöckchen. Sie wurden in den Sand gesteckt. Wer beim Gummipistolen-

Beschuss fiel, der fiel – und zur Hälfte umgesunkene Hölzchen waren Verwundete. Sie durften in halber Stärke nochmals eingesetzt werden.

Ebenso spielten die Mädchen hingebungsvoll und mit herrlicher Fantasie, beispielsweise Kaufladen. Ein paar Mauersteine wurden zum Ladentisch. Die Geldscheine waren selbst gebastelt, Knöpfe avancierten zum Wechselgeld. Steine, Hölzer, Zapfen wurden zu Verkaufsartikeln, Schafgarbenblüten zu Blumenkohl und Schneckenhäuser zu Aschkuchen. Keine der kleinen Käuferinnen vergaß beim „Ladeneintritt" das „Blim-blim" der Türglocke und herrliche Sätze waren zu hören, wie etwa: „Tut mir leid, Frau Meier, aber mein Mann war gestern mit der Blutwurst gar nicht zufrieden!"

Der „Stunden-Nutscher", offiziell der Stielbonbon, war ungemein beliebt bei den Kindern. Bei Zahnärzten weniger.

Unsere Pflichten

Mutter achtete streng darauf, dass die Hausaufgaben ordentlich erledigt waren, der Ranzen für den nächsten Tag vorbereitet, der Turnbeutel bereitlag usw. Glaubte sie wirklich einmal die ab und zu versuchte Lüge „wir haben gar nichts auf, Mutti", konnte man immer von einem der sanften, stets hilfsbereiten Mädchen am Morgen in der Schule die „HA" abschreiben, na, besser abschmieren. Viele Klassen waren um 1953 bereits gemischt. Begriffen haben wir Jungen das nicht. Wie man uns so etwas antun konnte – den Einzug von Mädchen!

Seitens der Lehrerschaft durfte nicht mehr geprügelt werden. Einigen älteren Lehrkräften fiel das schwer. Ein fliegendes Schlüsselbund, eine Kopfnuss im Vorübergehen oder das schmerzhafte Ohr-Herumdrehen brachten ihnen ein wenig Erleichterung. Schulische Strafen, deren wir Jungen alle teilhaftig wurden, waren neben Strafarbeiten das Eckenstehen, vor die Tür gestellt werden (hoffentlich kommt der Direktor nicht vorbei) und Nachsitzen. Letzteres besonders unangenehm, wenn mit dem Klingeln die Freunde hinaustobten und man selbst auf der Arme-Sünder-Bank verbleiben musste. Dort war eine hoch qualifizierte Arbeit zu erledigen, wie beispielsweise fünfzigmal den Satz aufschreiben: „Ich weiß, dass ich den Unterricht nicht stören darf." Nochmals ärgerlich, dass man natürlich zu Hause beichten musste, warum man so spät kam.

Die häuslichen Aufgaben waren mannigfaltig und raubten leider eine Menge Zeit, die man doch so viel lieber „auf der Straße" verbracht hätte. Schuhe putzen und aufräumen, Einkäufe und Botengänge. Kinder waren ganz in die alltäglichen Arbeiten eingebunden. Besonders bedauert wurden die, die auf kleinere Geschwister aufpassen mussten.

Stubenarrest

„Ein paar hinter die Ohren" war den meisten von uns lieber als „nachhaltige" Bestrafungen, wie Verbot der Kindervorstellung im Kino, Strafarbeiten, Spielzeugsperre oder der am meisten gefürchtete Stubenarrest. Das tat weh, wenn es klingelte und ein Freund fragte, ob man runterkommt. „Nein, der hat Stubenarrest!"

Manchmal siegte Mutters weiches Herz und mit einem lächelnden „Na, hau ab!" wurde die Begnadigung ausgesprochen. Mit einem Jubelschrei ging's die Treppe hinunter.

Schulfasching. Wie schön, dass die Kinder nicht irgendwie, sondern „Mit kühner Zuversicht" zu neuen Taten bereit sind!

Stadtverkehr auf einer großen Ausfallstraße, Sommer 1952.

Straßenbahnkarte 1952: 12 Fahrten für 2,– DM, eine Kinderfahrt: 10 Pfennig.

Die Bimmel

In städteplanerischer Kurzsichtigkeit ist ihr Streckennetz heute vielfach beschnitten worden, und aus nicht wenigen Städten hat man sie ganz verbannt. Wir Jungen interessierten uns alle für die Straßenbahn und haben mit Begeisterung auf dem Vorderperron links neben dem Fahrer gestanden (falls der begehrte Platz frei war), uns dabei selbst ein bisschen wie der Fahrzeugführer fühlend. Das Personal auf einem kompletten Wagenzug bestand aus vier Mann – drei Schaffnern und dem Fahrer. Schaffnerinnen gab es auch. Als wir aber erstmalig eine Frau an Schaltrad und Bremskurbel sahen, da ist uns wohl vor Staunen der Mund offen geblieben.

Die Eisenbahn unserer Kindheit war die Reichsbahn. Noch dampfte es aus allen Ecken – die Dampftraktion war allgegenwärtig. Welche Freude, wenn es

Der Reisezug unserer Kindheit mit einer Zuglok BR 38 (P8).

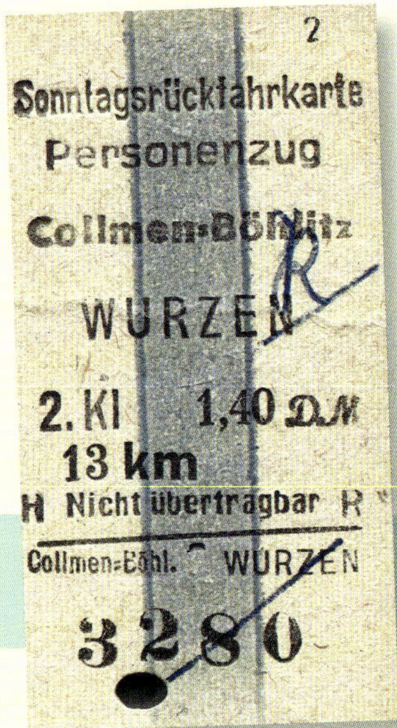

Die beliebte und äußerst preiswerte „Sonntagsrückfahrkarte".

mit den Eltern auf eine Reise ging, welcher Stolz, dass man in jungen Jahren schon alleine zur Oma fahren durfte. Natürlich 3. Klasse, aus Kostengründen. An die Holzleistensitze und den Kunstledergurt zum Öffnen des Fensters in der Abteiltür erinnern wir uns alle. Die Züge waren sehr einfach und sehr sauber. Verfallene Bahnbauten oder gar marode Bahnhöfe wären damals undenkbar gewesen.

Konsum-Marken

Bei allen meist ungeliebten Pflichten, die wir hatten – bei einer sah das anders aus. Wenn uns Mutter die wohlgefüllte Blechschachtel hinstellte, das Markenheft und ein nasses Läppchen gab, machten wir uns mit Freude und Akribie ans Werk. Wohl jeder von uns hat Konsum-Marken geklebt – und das gern. Die Konsum-Genossenschaft, die bereits um 1850 entstanden ist, zahlte ihren

Mitgliedern für den Kauf ihrer Waren eine kleine Rückvergütung. Da die Familien fast ausschließlich im Konsum kauften (es gab sogar Konsum-Kaufhäuser) summierte sich das. Und bei der freudig entgegengenommenen Auszahlung fiel für den fleißigen Markenkleber mit Sicherheit eine kleine Nascherei ab – notfalls aus der HO.

Lebensmittelkarten

Mitte der 50er-Jahre gab es nach wie vor Lebensmittelkarten. Unsere Großeltern kannten sie schon aus dem Ersten Weltkrieg, unsere Eltern seit August 1939. Wenn auch die Rationierungen teilweise aufgehoben waren, die wichtigsten Lebensmittel wie Fett, Fleisch und Zucker betraf das nicht. Selbst Kohlen- und Kartoffelkarten gab es. In Westdeutschland bereits zum 1. Mai 1950 abgeschafft, verschwanden in der DDR die Zuteilungskarten erst acht Jahre später, zum 1. Mai 1958. Anfang der 60er-Jahre kam es durch ländliche Misswirtschaft (LPG-Gründungen) nochmals zu einer Rationierung von Butter.

Konsum-Mitgliedsbuch und Klebemarken.

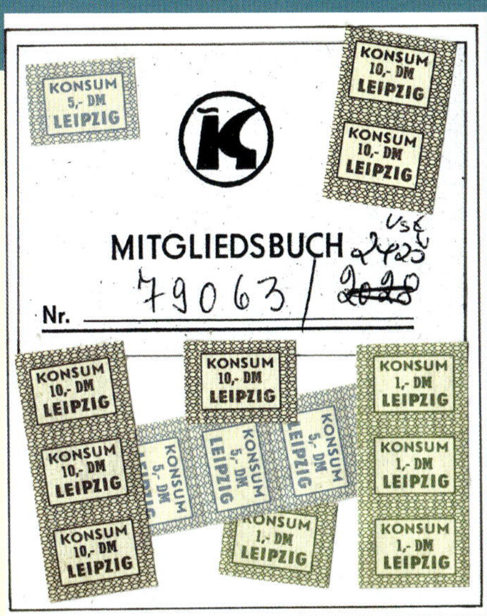

Kinder-Lebensmittelkarte K (9–15 Jahre).

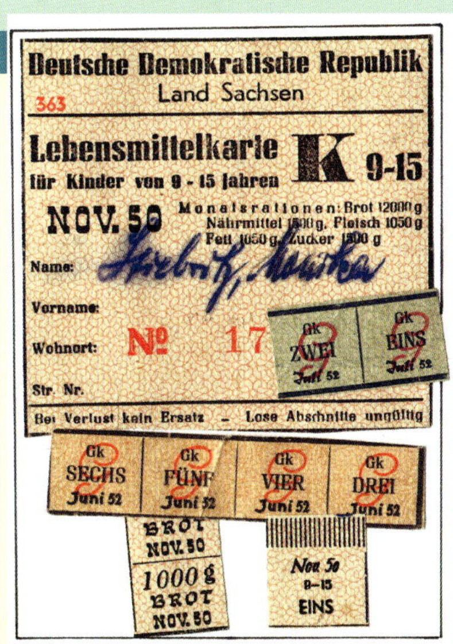

Westpaket und Junge Pioniere

„Zacharias“ und „Wattfraß“

Erinnern Sie sich an zwei besonders üble Gesellen unserer Kindertage: „Zacharias“ und „Wattfraß“? Der Zacharias war ein dürres, dümmlich aussehendes Männchen mit zwei riesigen Eselsohren. Was hatte ihn so entstellt? Das Abhören von Feindsendern (!), die es nun schon wieder gab, wie Radio London, in erster Linie aber den RIAS. Und bei jeder „Hetzsendung“ aus Westberlin, die der Zacharias begeistert hörte, wurden seine schrecklichen Ohren noch ein wenig länger! Der Wattfraß war klein, rund, verfügte über ein scharfes Gebiss und einen Schwanz, der als Gerätestecker endete. Gierig verschlang er ständig sein Lieblingsfutter: Elektroenergie. Aber er hatte mächtige Gegner, das waren die Jungen Pioniere! Allabendlich wurden Kontrollgänge eingeteilt. Und wenn jemand in seiner Wohnung vielleicht in drei Räumen Licht hatte, wurde geklingelt. Der Bürger wolle doch nicht gar dem Wattfraß Vorschub leisten ...

Chronik

Januar 1952
Grotewohl und Ulbricht rufen das „Nationale Aufbauwerk“ (NAW) ins Leben.

März 1952
„Stalin-Note“: Vorschlag für einen Friedensvertrag. Die Westmächte lehnen ab.

21. Dezember 1952
Das DDR-Fernsehen nimmt den Sendebetrieb für vorerst wenige Teilnehmer auf.

10. Februar 1953
In der DDR beginnt mit der Aktion Rose die Verstaatlichung von Hotels und Dienstleistern an der Ostseeküste und auf Rügen.

5. März 1953
Diktator Stalin, in der DDR in unglaublichem Personenkult verehrt, stirbt.

29. Mai 1953
Erstbesteigung des Mount Everest.

17. Juni 1953
Streik in Ostberlin gegen Normerhöhung löst den DDR-weiten Volksaufstand aus.

4. Juli 1954
Im „Wunder von Bern“ wird Deutschland gegen die Ungarn Fußballweltmeister.

18. August 1954
In Leipzig wird das erste (noch) gesamtdeutsche Turn- und Sportfest eröffnet.

11. November 1954
Der SC Empor Rostock wird gegründet.

9. Mai 1955
Die Bundesrepublik tritt der NATO bei, Berlin bleibt unter alliierter Kontrolle.

14. Mai 1955
Die DDR wird Mitglied in dem von der UdSSR kontrollierten Warschauer Pakt.

8. September 1955
Adenauer in Moskau. Die letzten deutschen Kriegsgefangenen kommen frei.

20. September 1955
UdSSR gewährt der DDR Souveränität. Einstellung der Reparationsleistungen.

Die „Bonner Ultras“

Im Jahrzehnte anhaltenden „Kalten Krieg“ zwischen Ost und West kann man die 50er-Jahre durchaus als dessen heiße Phase bezeichnen. Hasstiraden gingen von Ost nach West und von West nach Ost. Die „US-Monopolkapitalisten und ihre westdeutschen Handlanger“, wie Adenauer, Erhard, Ollenhauer usw. wurden als schreckliche Fratzen dargestellt. Der „Frische Wind“ (später „Eulenspiegel“) zeichnete sich hierbei besonders aus. Für diese „revanchlüsternen Kriegstreiber“ fand man SED-seitig den Begriff der „Bonner Ultras“.

Aber auch in der Bundesrepublik war es nicht möglich, offiziell von der DDR zu sprechen. Das war generell die Sowjet-Zone oder einfach die Zone. Und primitive Hetztiraden wie Lügen kamen ebenfalls von jenseits der deutsch-deutschen Grenze. Eine positive Meldung der Medien über das Geschehen auf der Gegenseite war in Ost wie in West undenkbar.

Für uns Kinder war das alles schwer zu verstehen. Dass die Kapitalisten allesamt fett waren, ständig Zigarren rauchten und nur in gestreiften „Monopolhosen“ herumliefen, das glaubten wir, anderes eher nicht. Vernünftige Elternhäuser klärten ihre Sprösslinge auf. Aber zwischen den beruhigenden und relativierenden Worten von Mutter und Vater spürten wir ihre Angst vor dem Ausbruch eines dritten Weltkrieges.

Der Fernsehempfänger „Rembrandt".

Das Fernsehen kommt

Ein Leben ohne Fernseher kann sich heute kaum noch jemand vorstellen. Nun, wir hatten in unserer Kindheit keinen, meist auch nicht in der Jugend. Waren wir deswegen ärmer dran? Wohl kaum. Am 21. Dezember 1952 wurde das offizielle Versuchsprogramm des Deutschen Fernsehfunks der DDR gestartet. Übrigens für ganze 75 Teilnehmer! Wie kam man auf den 21. Dezember? „Zu Ehren des 73. Geburtstages des Genossen Stalin!"

Ab November 1952 konnten in Berlin Fernsehgeräte gekauft werden. In einer Lizenzproduktion aus der UdSSR brachte das Sachsenwerk Radeberg den Empfänger „Leningrad" auf den Markt, Bildröhrendiagonale 21 cm, Kostenpunkt 3500,– Mark! Das war etwa das Jahresgehalt eines Arbeiters. 1954 kam die weit bessere DDR-Eigenproduktion, der „Rembrandt" auf den Markt. Zur beliebtesten Fernsehsendung des DFF wurde Willi Schwabes „Rumpelkammer" (Erstsendung 1956), zur unbeliebtesten Karl Eduard von Schnitzlers Hetzsendung „Der Schwarze Kanal". „Sudel-Ede" erschien erstmals 1960 auf dem Bildschirm.

Zu den Fernsehlieblingen des DFF gehörte seit 1959 das Sandmännchen. Da kaum jemand einen Fernseher besaß, richtete die „Nationale Front" öffentliche „Fernsehstuben" ein. Sie waren vor allem bei Sportübertragungen stets überfüllt. Wir Jungen durften uns ganz vorn auf den Fußboden setzen und sahen begeistert ein paar winzig kleine Radfahrer vorüberflitzen (natürlich in Schwarz-Weiß) – die Friedensfahrer.

„Spitzbart muss weg!"

Natürlich erinnern Sie sich an den heute unvorstellbaren Kult um die Person des Sowjetdiktators Stalin. Im März 1953 starb Stalin, „der größte Sohn der Menschheit, dessen Namen man noch in 1000 Jahren voll Ehrfurcht nennen wird" (Zeitungszitat), und so konnte er den Aufbau der ihm zu Ehren errichteten und nach ihm benannten Stalinallee in Ostberlin nicht mehr erleben.

Und ausgerechnet „die stolzen Erbauer dieses kühnen Projektes“ lösten mit einem Streik, der rasch weite Teile der DDR erfasste, die erste Volkserhebung im stalinistischen Machtbereich aus.

Der Grund für den Streik war eine zehnprozentige staatlich festgelegte Normerhöhung. Die anfangs wirtschaftlichen Forderungen zogen rasch politische nach sich. „Freie Wahlen“ und „Spitzbart (Ulbricht), Bauch (Pieck) und Brille (Grotewohl) sind nicht des Volkes Wille“ skandierten die schließlich nach vielen Tausenden zählenden Demonstranten. Unsere „Staatsrepräsentanten“ saßen bereits auf gepackten Koffern via Moskau – da traf von dort der Befehl zur gewaltsamen Unterdrückung des Volksaufstandes ein. Russenpanzer rollten in die Streikzentren, es wurde geschossen. Wir Jungen waren natürlich in der Stadt und mittendrin im Tumult. Freilich ohne so richtig zu wissen, um was es eigentlich ging. Als aber erste Schüsse fielen, hieß die Devise: Nichts wie nach Hause! Dort knallte es gleich noch mal. Mutters Ohrfeige entsprang aber wohl nur der Angst um ihren Sohn.

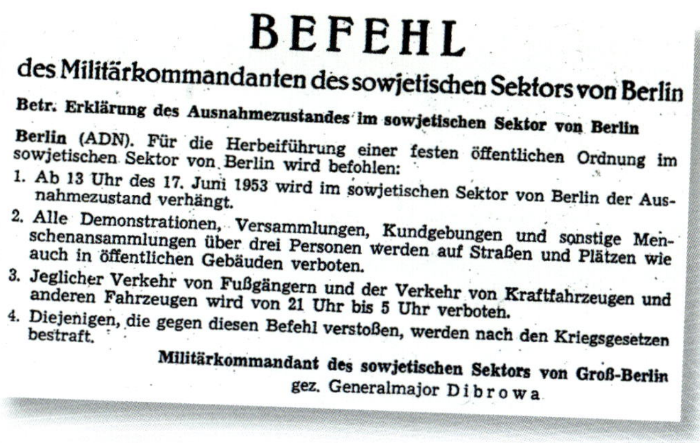

BEFEHL

des Militärkommandanten des sowjetischen Sektors von Berlin

Betr. Erklärung des Ausnahmezustandes im sowjetischen Sektor von Berlin

Berlin (ADN). Für die Herbeiführung einer festen öffentlichen Ordnung im sowjetischen Sektor von Berlin wird befohlen:

1. **Ab 13 Uhr des 17. Juni 1953 wird im sowjetischen Sektor von Berlin der Ausnahmezustand verhängt.**
2. **Alle Demonstrationen, Versammlungen, Kundgebungen und sonstige Menschenansammlungen über drei Personen werden auf Straßen und Plätzen wie auch in öffentlichen Gebäuden verboten.**
3. **Jeglicher Verkehr von Fußgängern und der Verkehr von Kraftfahrzeugen und anderen Fahrzeugen wird von 21 Uhr bis 5 Uhr verboten.**
4. **Diejenigen, die gegen diesen Befehl verstoßen, werden nach den Kriegsgesetzen bestraft.**

Militärkommandant des sowjetischen Sektors von Groß-Berlin
gez. Generalmajor D i b r o w a

Die Verkündung des Ausnahmezustandes durch den „Henker von Berlin“, den sowjetischen Generalmajor Dibrowa.

17. Juni 1953

Am Volksaufstand waren 560 Orte in der DDR beteiligt. Ostberlin und die Industriezentren um Leipzig waren die Schwerpunkte. Es gab Demonstrationen und Streiks, vehemente politische und wirtschaftliche Forderungen. Die Gesamtbeteiligung schätzt man auf mehr als eine Million Menschen. Nach der Niederschlagung durch das Sowjet-Militär (die Anzahl der Toten durfte nie bekannt gegeben werden) kam es zu ca. 15 000 Verhaftungen. Es gab mehrere Todesurteile und 2400 Verurteilungen zu hohen Zuchthausstrafen. Etwa 40 Sowjetsoldaten, die sich geweigert hatten, auf deutsche Arbeiter zu feuern, wurden erschossen.

Bis zur Wiedervereinigung 1990 war der 17. Juni als Tag der deutschen Einheit in der Bundesrepublik ein Nationalfeiertag.

Angezogen wird, was da ist

Die Überschrift mag etwas irritieren. Aber gerade wenn es um Mode für Jungen ging, beschränkte sich die Bekleidung auf diesen Grundsatz: Angezogen wird, was da ist, und zwar so lange, bis es auseinanderfällt. Kleidung wurde abgetragen und weitergereicht, zumal unter Geschwistern. Keinen hat man gehänselt, weil er vielleicht seine Mantelärmel „hochkrempeln" musste oder diese im Gegenteil kurz unter dem Ellenbogen endeten. Dass jeden Tag die gleiche Oberbekleidung getragen wurde, war völlig üblich und den Heinz erkannte man immer schon auf 100 Meter an seinem leuchtend grünen Pullover.

Eine Ausnahme gab es allerdings, den „Sonntagsstaat". Zum Familienspaziergang hatte man sich „fein" anzuziehen, mit Schuhen und Kniestrümpfen. Das weiße Hemd und die gute Hose kamen aus dem Schrank. Die Verkleidung war wenig beliebt, der mehrfach wiederholten Mahnung wegen: „Mach dich aber bloß nicht schmutzig!" Wurden Bekannte getroffen, hatte man einen Diener zu machen, die Mädchen einen Knicks.

Zur unbeliebtesten und bei jedem Jungen verhassten Trikotage muss natürlich noch etwas gesagt werden. Sie wissen schon, was gemeint ist, das Leibchen. Das war ein lächerliches Knöpfmieder mit Aufhängevorrichtungen für lange Strümpfe. Ein entwürdigendes Kleidungsstück! Wie peinlich, wenn man das üble Ding den anderen Jungen beim Umkleiden zum Turnunterricht präsentieren musste! Jeden Herbst kam es wieder, das Leibchen, und nur nach Androhung harter Strafen haben wir es angelegt und mit größtem Widerwillen an den vier „Strapsen" die hässlichen, kratzigen langen Strümpfe aus brauner Zellwolle befestigt.

War es nicht zu kalt, konnte darüber die kurze Hose getragen werden. Doch kaum aus mütterlicher Sichtweite gekommen, wurden die Strümpfe abgeknöpft und heruntergerollt. Zum einen war man die kratzigen Dinger los und zum anderen bewies man seinen Klassenkameraden, dass man als „ganzer Kerl" jedweder Kälte trotzte. Sehr angenehm, wenn vielleicht ein Mädchen mit leichter Bewunderung in der Stimme fragte: „Frierst du denn gar nicht?" Um jeden Knöchel hatte sich eine stattliche Rolle geformt, und aus den kurzen Hosenbeinen hingen die Strapse heraus! Was für ein Bild, welch eine Erinnerung ...

Stammis und Briefmarken

In unserer Jugend war es sehr verbreitet, zu sammeln und eine Sammlung anlegen. Bei den Mädchen betraf das in erster Linie Stammbuchsbilder. Schön farbig sollten sie sein, möglichst groß, geprägte sind bessere gewesen, und Liebesmotive wurden bevorzugt. Interessant war, dass die „Stammis" „gekloppt" werden konnten. Ausgebreitete Stammbuchsbilder lagen auf der Schulbank. Ein Mädchen nahm ein eigenes auf den Handteller und schlug mit den Fingern gegen die Bank. Das Bildchen flog auf die Ausliegenden. Wenn es eins von denen möglichst genau abdeckte, hatte das die „Klopperin" gewonnen. Wenn nicht, war ihr Einsatz verspielt.

In unserer Klasse – und das ist nicht übertrieben – sammelte jeder Junge Briefmarken. Der eine mit mehr, der andere mit weniger Intensität. Von einer solchen Breite potenzieller Kunden träumen heute die letzten Briefmarkenhändler. Gern wurde „gegaubelt". Bei diesem Tauschgeschäft versuchte man natürlich möglichst attraktive Stücke zu erwerben. Schiffe, Flugzeuge, wilde Tiere oder vielleicht gar ein Indianermotiv waren gesucht. Marken aus Übersee wurden mehr geschätzt als europäische. Geschnittene Marken hielten wir generell für wertvoller, und eine dreieckige war etwas ganz Besonderes. Wie glänzte man mit dem Besitz einer geschnittenen Dreiecksmarke! Eine solche Rarität war natürlich nicht zu vergaubeln.

Zwei Stammbuchsbilder mit den von den Mädchen geschätzten Liebesmotiven.

Zahnpastareklame aus den Fünfzigerjahren.

Laufmaschen und Rasierklingen

In den meisten Familien musste mit dem Pfennig gerechnet werden. Mutter „streckte" die Haushaltskasse mühsam bis zum Monatsende und Vater versagte sich nicht selten den geliebten Kautabak, Marke Hanewacker. Alles hatte seinen Wert und bevor wirklich etwas weggetan wurde – das dauerte lange. So gab es manche uns heute kurios anmutenden Aufbereitungen zum Zweck der Wiederverwendung.

Bekannt ist das „Aufnehmen" der Laufmaschen in den sündhaft teuren Perlonstrümpfen. „Wir repassieren auch" stand in unserem Schreibwarenladen, dort gab sie Mutter ab. Vaters stumpf gewordene Rasierklingen kamen zum Schärfen (manche Männer hatten einen eigenen Apparat dafür), und für leer geschriebene Kugelschreiberminen gab es in der Stadt eine stets gut besuchte Bude, wo man die Minen für wenige Pfennige wieder aufladen lassen konnte. Toilettenpapier kannten die meisten Kinder nicht. Bei uns daheim und bei allen Freunden gab es nur zurechtgeschnittenes Zeitungspapier. Gespart wurde derart, dass Vater sogar aufpasste, dass man ja kein zu langes Zahnpastawürstchen aus der Chlorodont-Tube herausdrückte!

Zauberwort SERO

Den Spruch, hundertfach an den Wohnungstüren wiederholt, kennen wir alle noch: „Hamm' Sie Flaschen, Gläser, Altpapier?" Öfters stand schon etwas bereit, und freudig nahm man zwei Marmeladen- und ein Gurkenglas, einen Packen zusammengeschnürter Zeitungen und eine Weinflasche in Empfang. Manchmal trafen wir auf einen Choleriker: „Hau bloß ab, Lausejunge, du bist heute der Fünfte!" Oder man musste hören: „Nee, mei Gleener, das schaff'sch selber weg, ich muss doch ooch mit'n Feng rechnen." Na, dann eben nicht. War man aber erfolgreich, ging's sofort zu SERO, zur „Sekundärrohstofferfassung". Dort wurde gezählt und gewogen und siehe da – 1,53 Mark gab's bar auf die Hand! Dreimal Zoo oder sechs Kindervorstellungen oder ... SERO war für uns eine tolle Sache.

Eine Belustigung beim Gartenfest: „Galgenkegeln“ für Kinder. Die Kegel kamen damals noch von der Drechselbank. Eschenholz war das bevorzugte Material.

Die Laubenpieper

Wer in der Zeit des Mangels über einen Garten verfügte, der war glücklich dran, wa es doch möglich, mit den Produkten der eigenen Scholle den knappen Küchenzettel zu bereichern. Jedes Fleckchen wurde zum Kartoffel- und Gemüseanbau genutzt, Letzteres vom Radieschen bis zum Kürbis. Und welch gärtnerischer Stolz erfüllte den, der einen Prachtkürbis vorzuweisen hatte! Ein kleines Beet und einige Wegränder blieben der Zierde des Areals vorbehalten. Ein Gärtchen ohne jede Blume gab es nicht.

Gärten, die mit Manneskraft bewirtschaftet wurden, zeigten eine Gemeinsamkeit. Eine ganz bestimmte Pflanze fehlte da in keinem – der Tabak. Jedem Kleingärtner sein privates Tabakkontor. Kein anderes Anbaugut erfreute sich solch liebevoller Pflege. Selbst der Boden, der sandig sein musste, wurde für den Tabak aufbereitet. Zur Erntezeit wurde geprüft und berochen, wann die ersten Blätter gepflückt werden konnten. Und zwar in mehreren Etappen, ganz unten beginnend. Das unterste, das Sandblatt galt als bestes. Meinen Sie nicht, das war's, nein, jetzt ging's erst richtig los.

Auf diese gewichtige Erntepracht, einen Kürbis, ist unser Junggärtner berechtigt stolz.

Die Blätter wurden nun aufgefädelt, abgehängt und „angetrocknet“. Dann wurden sie Stück um Stück übereinandergelegt, dazwischen spritzte man Flüssigkeit. Diese aber ist das große Geheimnis eines jeden Tabakkontors gewesen. Opa jedenfalls nahm schweren, süßen Pflaumenwein. Luftdicht verpackt hatten die Blätter jetzt zu „schwitzen“. Nach etwa zehn Tagen waren sie dunkelbraun und duftig geworden. Nun schloss sich die wichtige Klassifizierung an. Einige der besten Blätter gingen zu einem Gartenfreund, der in der Lage war, Zigarren zu drehen. Qualität II wurde zu Pfeifentabak und Sorte III ging in die Zigarettenproduktion. Nach nochmaligem Antrocknen kam der Schnitt, ein Kunstwerk. Zuerst musste man die Hauptrippen der Blätter entfernen, dann konnte geschnitten werden. Pfeifentabak etwa einen Millimeter breit, Zigarettentabak so fein wie möglich.

Bei allen Arbeiten durften zu unserer Freude wir Kinder helfen. Man traute uns sogar den Feinschnitt ohne nennenswerten Blutverlust zu! Der erfolgreiche Höhepunkt war dann der Besuch einiger Gartenfreunde. Stolz stellte ein jeder Büchsen und Flaschen auf den Tisch, zu doppelter Verkostung. Einmal die ganz unterschiedlichen Tabake und zum anderen die verschiedenen hausgemachten Weine.

Eine einzige Flasche Obstwein auf dem Tisch und trotzdem fröhlich ...

Welche Freude für uns, stillvergnügt dabeizusitzen, „hochgeistigen" Gespräche zu lauschen und einmal vom hausgemachten Kirschwein nippen zu dürfen. Ach ja, der Wein. Das Glucksen des Gärröhrchens (das so schwer zu bekommen war) hat man noch immer im Ohr. Sagenhaft, was da alles zu Wein werden konnte. Natürlich Gartenfrüchte aller Art, aber auch Hagebutten und Schlehen, sogar Brot oder Reis wurden im Gärballon veredelt. Und ein letztes Wort zum Garten. Wohl jeder von uns, der sie erleben konnte, erinnert sich sehr gern an die herrlichen Gartenfeste. Wir stets mittendrin, bei Musik und Spielen, Kegeln und Tombola und zuletzt beim Feuerwerk, wobei die Schlafenszeit ausnahmsweise weit überschritten werden durfte. Ein ganzer Tag Frohsinn – von morgens bis in die Nacht.

Ein Titel der beliebten Kinderzeitschrift „Mosaik" von Hannes Hegen.

Unsere Belustigungen

Da ist einmal der Spaß gewesen, den wir uns durch Spiele selbst bereiteten. Das war nicht wenig, war breit gefächert und kostete nichts. Und da gab es noch den Spaß, für den man entweder Geld oder die Erwachsenen brauchte. Geld wurde benötigt für den beliebten Zoobesuch (es sei denn, man kletterte über den Zaun), für die Fußballkarte (es sei denn ...) und natürlich fürs Kino. Da ging nichts mit Klettern. Aber die 25 Pfennig Eintritt für die Kindervorstellung, die mittwochs und sonntags stattfand, waren meist aufzutreiben. Die Filme kamen fast immer aus der ruhmreichen Sowjetunion, wie „Es blinkt ein einsam Segel", „Das Lied von Sibirien", „Schiffe stürmen Bastionen", „Die Dreizehn" „Der Marinedolch" usw. Mancher Titel mag entfallen sein, einer aber ist unvergesslich: „Timur und sein Trupp." Da die Streifen öfter wiederholt wurden, haben wir den Timur sicher sechs-, achtmal gesehen.

Auch Lesen bereitete Freude. Preiswerte private Leihbüchereien gab es, und mit 14 Jahren konnte man Leser in der kostenlosen Stadtbibliothek werden.

1955 kam die DDR-Antwort auf den „Klassengegner" Micky Maus auf den Markt, das Comic-Heft „Mosaik". Es wurde rasch beliebt, jedes neue Heft ging durch viele Kinderhände. Die Erwachsenen brauchte man für Familienfeiern und für Ausflüge, für Museumsbesuche oder den aufregenden Zirkus. „Circus Aeros" hatte ein festes Haus in der Stadt und gab täglich zwei Vorstellungen! Aus Kostengründen war der Besuch dort leider nicht oft möglich.

Der Schulalltag

Das ging gleich gut los, am Montagmorgen: Fahnenappell! Alle Schüler hatten im Karree auf dem Schulhof anzutreten. „Pioniere Achtung!" Die Pionierfahne wurde aufgezogen und unser Herr Genosse Direktor sprach markige Worte, die keinen interessierten. Solcherart gestärkt begannen wir unsere 6-Tage-Schulwoche. Jede Klasse hatte ihren Raum, nur für bestimmte Fächer wurde umgezogen, z. B. ins Physikzimmer. In den Bänken, immer für zwei Schüler, saßen die Geschlechter getrennt. Jeder Junge lehnte es ab, die Bank mit einem Mädchen zu teilen. Dümmliche Lehrerschaft drohte sogar: „Wenn das mit dir nicht klappt, setze ich dich neben ein Mädchen!" Die Unterrichtsfächer waren mehr oder weniger beliebt, natürlich individuell verschieden. Einer freute sich auf die Turnstunde, für seinen dicklichen Nachbarn war sie der Alptraum.

Die meisten Jungen versuchten für die Schule möglichst gar nichts zu tun (energisch wirkten die Mütter dem entgegen), die meisten Mädchen waren fleißig. Am Donnerstag hatten sie unser tiefes Mitgefühl. Wir Jungen verschwanden und sie mussten eine Stunde „Nadelarbeiten" absitzen. Unsere fremdsprachliche Ausbildung beschränkte sich auf eine, „die schon heute zur ersten und wichtigsten Sprache in der Welt wird" (Lehrerinnen-Zitat), also auf Russisch. Natürlich gab es Vorstöße von weltoffeneren Pädagogen, als zweite Fremdsprache Englisch einzuführen. Vergebens, die politische Führung lehnte es konsequent ab, dass an DDR-Volksschulen die „Sprache der Imperialisten" unterrichtet wurde. Auch nach Schluss versuchte die Schule uns nicht loszulassen. Da war der Pioniernachmittag, da gab es „Zirkel", den Chor oder die Volkstanzgruppe. In Letzterer mussten, mangels männlicher Beteiligung, die maskulinen Rollen mit verkleideten Mädchen besetzt werden. Das war für uns Jungen sehr erheiternd.

Pioniernachmittag mit der Gruppenleiterin von der FDJ („Freie Deutsche Jugend“).

Fußball und Turnierangeln

Das Interesse an Sport bei uns Jungen, aber auch bei unseren Vätern, war enorm – Nummer 1 war selbstverständlich König Fußball. Die Spiele wurden bestens besucht und mit dem Weltmeistertitel der bundesdeutschen Auswahl im Juli 1954 kannte die Begeisterung keine Grenzen. Spieler wie Fritz Walter oder Helmut Rahn und Trainer Sepp Herberger waren selbst in der DDR Volkshelden. Handballspiele fanden bis zu 50 000 Zuschauer! So eine große Halle gab's ja gar nicht? Richtig. Hier geht's auch nicht um Hallenhandball, sondern um den damals sehr populären Feldhandball. Den spielte man auf normalen Fußballplätzen, die nur anders gekreidet wurden. Das schnellere und technisch anspruchsvollere Spiel in der Halle verdrängte den Feldhandball. Heute gibt es ihn nicht mehr.

An eine andere ausgestorbene, kurios anmutende Sportart sei noch erinnert: das Turnierangeln. Wer meint, es ginge um viele Fische, der irrt. Auf der grünen Wiese wurden

Das runde Leder faszinierte damals ebenso wie heute Väter und Söhne.

Das Zentralstadion Leipzig. Es wurde im August 1956 mit dem II. Deutschen Turn- und Sportfest eröffnet.

mittels Angelgerät kleine Bleigewichte verschleudert. „Fliege Ziel", „Fliege Skych" und „Fliege Weit" hießen die Einzeldisziplinen, die den „Dreikampf" bildeten. Freund Lutz meinte, er wisse noch eine vierte: „Fliege Hoch"!

Die Sportstadt Leipzig muss Erwähnung finden. Geboxt wurde im Zirkus, mitten in der Stadt gab es Autorennen, eine Radrenn- und eine Sandbahn waren da, für den Turf die Trab- und die Galopprennbahn, ein tolles Schwimm- und Deutschlands größtes Sportstadion für 100 000 Zuschauer. Das war nicht nur ein Prestigeobjekt, sondern ein Politikum. Auf DDR-Sportfesten brachten die „bewaffneten Organe" ihre Übungen dar und auf der legendären Osttribüne zeigten Jugendliche mittels Tausender farbiger Tücher Sprüche wie „Ruhm und Ehre der Partei"; „Es lebe der Sozialismus" usw.

Die Friedensfahrt

Keine Sorge, ein ganz wichtiges Sportereignis ist nicht vergessen: die Friedensfahrt. Das größte Amateur-Radrennen der Welt, das seit 1953 zwischen Prag, Warschau und Berlin ausgetragen wurde, zog uns Jungen alle in den Bann, es fand sogar das Interesse vieler Mädchen und Frauen. Wenn man endlich, die Treppe hoch

Ein Foto von der Friedensfahrt im Mai 1955. Den „Giganten der Landstraße" jubelten im letzten Dörfchen und an der kleinsten Straße begeisterte Menschen zu.

jagend, aus der Schule kam, wusste Mutter schon – den „Volksempfänger" auf voller Lautstärke – dass Lothar Meister II in der Spitzengruppe fuhr. Bei Etappenankünften waren die Stadien voll besetzt. Das Leipziger Zentralstadion war einmal bei einer Zielankunft ausverkauft! 100 000 Radsport-Fans und der erfolgreichste DDR-Fahrer, Gustav-Adolf Schur („Täve"), war ihr Idol.

Die große Mehrheit in den Städten, und auf dem Land fast ein jeder, ging 1956 zur Konfirmation. Vornweg natürlich unsere kleinen jungen Damen.

Jugendweihe oder Konfirmation?

Diese Frage entschied zumeist das Elternhaus. Bei unserer Schulentlassung gebührte der Konfirmation deutlich der Vorrang. Konnten Jugendliche mitsprechen, kamen sie gern auf diese sympathische Idee: zwei Feiern, Jugendweihe und Konfirmation (zweimal Geschenke!). Dagegen hatte allerdings der Pfarrer etwas. Wer zur Jugendweihe ging, wurde nicht im gleichen Jahr konfirmiert. Na gut, dann eben im folgenden. So gab es für einige in der tristen Lehrzeit nochmals eine schöne Feier. Staatlicherseits versuchte man der Kirche möglichst viele junge Leute abspenstig zu machen. Das gelang teilweise mit interessanten Fahrten in der Vorbereitungszeit und dem Geschenk „Weltall, Erde, Mensch". In dem Buch gab es z. B. farbig abgebildete urzeitliche Tiere. Sehr reizvoll. Für manchen von uns war es das erste eigene Buch und viele von uns besitzen es bis heute. Heute wird die Jugendweihe (ohne Gelöbnis) vor allem in den neuen Bundesländern wieder zunehmend wahrgenommen.

Vorbei, die schöne Schulzeit ...

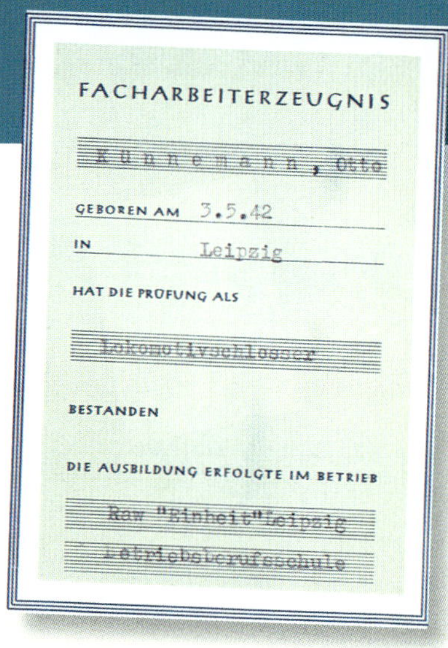
FACHARBEITERZEUGNIS

Künnemann, Otto

GEBOREN AM 3.5.42

IN Leipzig

HAT DIE PRÜFUNG ALS

Lokomotivschlosser

BESTANDEN

DIE AUSBILDUNG ERFOLGTE IM BETRIEB

Raw "Einheit" Leipzig

Betriebsberufsschule

Harte Arbeit – karger Lohn

Nach der achten Klasse begann für die meisten von uns die Berufsausbildung. Nur zwei Schüler gingen zur Mittelschule, mehr als 30 in die Lehre. Geld verdienen war in vielen Elternhäusern wichtiger als weiterführende Bildung. Von 45,– bis 90,– Mark bewegte sich die monatliche Entlohnung in den drei Lehrjahren. Fast alles bekam die Mutter. Wer körperlich schwer arbeitete, hatte im dritten Lehrjahr volle Leistung zu bringen. Natürlich waren wir stolz, zum ersten Mal wirklich etwas geschafft zu haben und z. B. ein Facharbeiterzeugnis als (Dampf-)Lokschlosser entgegenzunehmen.

Chronik

1. Januar 1956
In der DDR werden Kirchenzeitungen verboten.

3. Januar 1956
Das DDR-Fernsehen geht regulär auf Sendung.

18. Januar 1956
Die ersten Einheiten der Nationalen Volksarmee (NVA) werden aufgestellt.

25. März 1957
Unterzeichnung der Römischen Verträge, Gründung der EWG und des EURATOM.

4. Oktober 1957
Der von der UdSSR gestartete Flugkörper „Sputnik" ist der erste künstliche Erdsatellit.

13. Oktober 1957
Milliarden Ostmark fließen nach West-Berlin. Daher Geldumtausch in der DDR.

2. Januar 1958
Verordnung für Musikveranstaltungen: 60 Prozent Ost-, nur 40 Prozent West-Titel.

28. März 1958
Gründung der „Interflug". In Schönefeld landet die erste Maschine des Typs IL-18.

16. Juli 1958
Der V. Parteitag der SED beschließt die „10 Gebote der sozialistischen Moral".

24. April 1959
1. Bitterfelder Konferenz. Die Arbeiter sollen sich in Kunst und Kultur einbringen.

4. Mai 1959
Chruschtschow, der Stalins Verbrechen aufdeckte, ist zum ersten Mal in der DDR.

7. Oktober 1959
Die neue Staatsflagge der DDR mit Hammer, Zirkel, Ährenkranz wird vorgestellt.

1. Mai 1960
Einweihung des DDR-Überseehafens Rostock.

7. Mai 1960
Der Oberste Sowjet wählt Leonid Breschnew zum neuen Vorsitzenden seines Präsidiums.

7. September 1960
Präsident Pieck stirbt. Regierungsumbildung: „Staatsrat". Vorsitzender wird Ulbricht.

Das Westberliner Auffanglager Neukölln 1957.

Der Letzte macht bitte das Licht aus

Mancher erlebte in seiner Ausbildungszeit, dass ein oder zwei Lehrlinge überraschend nicht mehr im „Lehrkabinett" erschienen. In der Zeit als Jung-Facharbeiter wurden es weit mehr, die plötzlich fehlten. Während die Betriebsleitung auf den eingehenden Krankenschein hoffte, kam die Karte aus Westberlin. Hunderttausende haben der DDR den Rücken gekehrt, vor allem aus wirtschaftlichen, aber auch aus politischen Gründen. Eine Verabschiedung unter Kollegen am Samstagmittag konnte etwa mit diesen Worten enden: „Ach ja, wenn du hier am Montag der letzte sein solltest, mach doch bitte das Licht aus." 1961 wusste sich Ulbricht keinen Rat mehr und ersuchte in Moskau um die Genehmigung zum Einmauern seiner Bevölkerung.

Mit dem Passgesetz vom 11. Dezember 1957 wurde „Republikflucht" zur Straftat erklärt. 1968 hat man diesen Tatbestand mit dem § 213 im Strafgesetzbuch der DDR verschärft.

Neue Militarisierung in West und in Ost

Bereits 1950 begann die junge Bundesrepublik mit dem Aufbau der „Dienststelle Blank", dem Vorläufer des Bundesministeriums für Verteidigung. Die DDR zog 1952 mit der „Kasernierten Volkspolizei" nach. Ab 12. November 1955 rückten die ersten Freiwilligen zur Bundeswehr ein. Der Osten zog nach mit der Gründung der „Nationalen Volksarmee" (1. März 1956). Auch hier auf Freiwilligen-Basis. Schließlich führte die Bundesrepublik mit dem 1. April 1957 die Wehrpflicht ein. In der DDR kam sie fünf Jahre später. Das Wehrpflichtgesetz wurde am 24. Januar 1962 beschlossen.

Für die meisten Wehrdienstpflichtigen war der Dienst in der NVA sinnlose, verlorene Zeit.

Halbstark und verliebt

Die bisher gültige Ansicht zum anderen Geschlecht (gemeint sind die „doofen Weiber" und die „blöden Kerle") fand ein plötzliches Ende. Mit Erstaunen stellte man fest, dass Mädchen richtig nett sein konnten. Und dass manche wirklich gut aussahen! Ganz besonders die eine ...

Wohl fast alle Mädchen und eine ganze Reihe Jungen besuchten die Tanzstunde. Für viele bedeutete sie zugleich eine erste Kontaktaufnahme mit dem anderen Geschlecht. Mit dem entsprechenden „sittlichen Abstand" versteht sich. Die Tanzstunde verursachte jedoch Kosten, und ganz billig war sie nicht. Die notwendige Kleidung kam hinzu. Dort wo im Elternhaus mit dem Pfennig gerechnet werden musste, war das Erlernen von „Vor-zurück-zur-Seite-ran" nicht zu finanzieren.

So blieb manchem von uns diese Form des Kennenlernens verwehrt, doch irgendwie fand sich eine Möglichkeit, auf andere Art zu ihr oder zu ihm zu finden. Einladungen waren allerdings mit 5,– DM monatlichen Taschengeldes so gut wie ausgeschlossen. Mit heißem Neid hörte man von Mitlernenden, die ihre gesamte „Lehrlingsrente" für sich ausgeben durften! Ja, das wäre das große Leben ... Aber die Eltern hatten ja so wenig. Zum Spazierengehen braucht man kein Geld, und beim beliebten gemeinsamen „Über-den-Rummel-Schlendern" musste man nichts ausgeben. Mit Zusammenlegen reichte es auf jeden Fall ab und zu für einen aufregenden Kinobesuch. Und wenn man viel Glück hatte (und ziemlich verliebt war) gab es im kuschligen Kinodunkel ein kleines bisschen mehr als Händchenhalten ...

Mit der soeben eingetauschten Westmark ging es gleich ins „Ka-De-We", das „Kaufhaus des Westens" in Berlin-Schöneberg.

Nochmals neues Geld

Mehrere Milliarden Ostmark sind in den Jahren von 1948 bis 1957 in den Westberliner Wechselstuben eingetauscht worden. Anfangs und nur bis in das Jahr 1949 hinein zum Kurs von 1:1. Die Ostmark war sogar kurzzeitig in Westberlin gültiges Zahlungsmittel. Entsprechend der sich ständig zugunsten des Westens verschiebenden Wirtschaftskraft strebte der Kurs schon bald nach oben und lag bei 1:4 oder 1:5, mitunter darüber. Fünf DM-Ost gegen eine Westmark. Aber wegen dringend benötigter, im Osten nicht zu bekommender Güter, für einen kleinen k u l i n a r i s c h e n Luxus oder vielleicht, um uns Kinder mit einem Micky-Maus-Heft und einem Päckchen Kaugummi glücklich zu machen, akzeptierte man den Umtauschsatz.

Ein neuer 50-DM-Schein der DDR-Notenbank. Hergestellt bereits im Jahr 1955 und 1957 zur Ausgabe gelangt.

Unsere Staatsführung sprach vom Schwindelkurs und von einer Gefährdung der DDR-Volkswirtschaft durch den beständigen Geldverlust. Letzteres mochte stimmen. So bereitete man über Jahre und streng geheim einen schlagartigen Geldumtausch vor. Am Sonntag, dem 13. Oktober 1957, war es so weit. Lautsprecherwagen und ein Zeitungs-Sonderblatt verkündeten die staatliche Maßnahme. In vielen öffentlichen Einrichtungen, auch in Gaststätten, hatte man sich zwischen 12 und 22 Uhr mit seinen Bargeldbeständen einzufinden. Getauscht wurden allerdings nur 300,– DM. Wer mehr hatte, musste den „rechtmäßigen Erwerb" nachweisen! Vermögendere versuchten rasch Geld bei ärmeren Freunden und Verwandten unterzubringen. Dennoch: Hunderttausende Mark wurden eingezogen – der Staat hatte sein Volk bestohlen.

Elvis-Look und Nietenhose

Die „Walzerfahrt zum Mond“ war ein beliebter Treff von uns Jugendlichen. Der junge Mann rechts hat sich eine „Ente“ gekämmt, die Standardfrisur der Jungen.

Die Damenmode in den späten Fünfzigerjahren war sehr feminin. Schmale, auf Figur gearbeitete Kostüme und hübsche weit geschnittene, taillenbetonte Kleider, vielfach aus synthetischem Material, wie „Sylona“, „Wolcrylon“ oder „Dederon“. Darunter Nylonstrümpfe (mit Naht) und kleine Absatzschuhe. Das Mädchen, das sich die sündhaft teuren Nylons nicht leisten konnte, wusste Rat: Mit dem Augenbrauenstift wurden die Strumpfnähte auf die Waden gemalt! Die ersten Frauen in Männerhosen sah man. Das wurde jedoch auch von den meisten Frauen konsequent abgelehnt. Mutter meinte, so etwas trägt nur eine Schlampe!

Viele junge Mädchen wählten in ihrer Freizeit den „Elvis-Look“: Schwarzer Rock mit einem breiten Gummizuggürtel (aus'm Westen), dazu gehörte ein weißer ärmelloser Rollkragenpulli. Mit der entsprechend schlanken Figur – und die hatten fast alle – sah das gut aus. Bei uns Jungen waren die Flanellhose und das weiße Nyltesthemd sehr begehrt und einige, die mit den besten Westbeziehungen, trugen bereits eine „Nietenhose“. Die waren jedoch staatlicherseits verpönt, und es sind Fälle bekannt geworden, wo FDJ-Rollkommandos den jungen Männern die Hose vom Leibe gerissen und zerschnitten haben. Auch Neid wird hier mitgespielt haben.

Seltsam, dass wir es als schick empfanden, laut klappernd daherzukommen. Auf die Schuhe genagelte Absatzschoner aus Metall genügten da nicht.

Reizvolle Damenmode um 1958.

Wer auf sich hielt, trug Messingabsätze, gefertigt in der Lehrwerkstatt. In diese Zeit fiel für die meisten von uns die erste Begegnung mit der Kultur. Mit Mutter ins Anrechtskonzert, weil Vater Skatabend hatte, oder viel aufregender: mit der kleinen Freundin in die Oper, ermöglicht durch eine Finanzspritze beider Elternteile. Sicher waren nur die wenigsten Jungen und Mädchen Klassik-Fans von Anbeginn, aber der Grundstock wurde gelegt.

Der jugendliche Rock-'n'-Roll-Interessierte und sein Idol Elvis! Zu „Camillos Hitparade" (Radio Luxemburg) wurde förmlich in den „Paganini" hineingekrochen.

Nato-Heulboje und „Paganini"

In unsere Lehrzeit fällt ein musikalisches Großereignis der besonderen Art – aus den USA kam der Rock 'n' Roll! Alle jungen Leute, die sich für moderne Musik interessierten, waren begeistert. Gleichermaßen vom dazugehörenden beinahe akrobatischen Tanz, der in Perfektion eine sportliche Höchstleistung darstellt. Nun hatte die Sache leider einen Haken, der Rock 'n' Roll kam vom „Klassengegner"! Und so lehnte ihn die DDR-Führung strikt ab, was seiner Popularität sehr förderlich war. Rock-'n'-Roll-Schallplatten gab es nicht und die beiden bekanntesten Interpreten, Elvis Presley und Bill Haley, wurden öffentlich diffamiert. Letzteren bezeichnete das „Neue Deutschland" (Zentralorgan der SED) als „Nato-Heulboje".

Bekannt geworden ist auch Ulbrichts Ausspruch: „Die Arbeiterklasse will es nicht, dieses jäh, jäh, jäh." Es ist aber möglich, dass dieses Zitat erst der Beatles-Zeit entstammt. Nun, davon ließ sich kein Jugendlicher beeindrucken. In manchen Familien gab es bereits ein leistungsstarkes Radio, einen „Großsuper". Der „Paganini" war eine Anschaffung wie ein gutes Möbelstück. Er verfügte über ein Gehäuse aus poliertem Edelholz und weiße Tasten. Die besondere Attraktion war das „magische Auge". Mit dem Gerät war es möglich, den US-Soldatensender AFN oder Radio Luxemburg zu empfangen. Nie ganz sauber, denn UKW gab es nicht. Und der vom Rias ausgestrahlten Sendung „Schlager der Woche" wurde sogar leichtes Maschinengewehr unterlegt – der DDR-Störsender.

Die geliebte „Rennpappe" kommt

Man erhitze einen Stahlkessel, gebe Holzmehl, Epoxydharz und Baumwollfasern hinein, rühre kräftig um und heraus kommt ein Werkstoff, aus dem (DDR-) Träume wurden. Das war Duroplast, ein Kunststoff, der das Material abgab für die Karosse des „Kleinwagens Trabant". Garantiert rostfrei! Heißbegehrt war er, der „Sachsen-Porsche", bezahlbar, allerdings verbunden mit jahrelangen Wartezeiten. Den Namen wählte man zu Ehren des „Sputnik", des künstlichen sowjetischen Erdtrabanten. Der Trabi, mit knatterndem Zwei-Takt-Motor, immer schrecklich stinkend, mit maximal bescheidenen 26 PS, aber robust und zuverlässig, war die Antwort des Ostens auf den VW-Käfer. Seine 90 km/h schaffte er spielend und bergab legte er sogar noch etwas zu! Seit Ende des Jahres 1957 bis 1991 wurde die „Rennpappe" im Zwickauer Sachsenring-Automobilwerk produziert. Für gehobenere Ansprüche (und Geldbeutel) gab es den „Wartburg" aus Eisenach. Wenn man den zur Einschulung seines Kindes angemeldet

Die erste Ausführung des Kleinwagens bekam die Bezeichnung P50, die bald schon zum „Trabant" wurde. Hier eine sogenannte „Deluxe"- Ausstattung aus dem Jahr 1958.

hatte, konnten die jungen Leute dann im eigenen Wagen zur Hochzeit fahren. Der Besitz eines Privat-PKWs war vor 1960 etwas sehr Seltenes. Und für uns heranwachsende junge Leute blieb der Trabi für viele Jahre ein unerfüllbarer Traum. Gar an einen Wartburg zu denken wagte wohl kaum einer.

Filme an der Litfaßsäule – das Kinoprogramm war einfach wichtig.

Die Männer himmelten sie an: Filmidol Marina Vlady. Sie wurde populär mit ihrem Film „Die blonde Hexe“ (1955).

Der von der Mädchenwelt heiß verehrte Gérard Philipe. Ihn machte besonders „Rot und Schwarz“ bekannt (1954).

Die DEFA

Die (ost-)Deutsche Film-Aktiengesellschaft DEFA wurde 1946 aus den Resten der UFA gegründet und war von 1952 bis 1990 Volkseigener Betrieb (VEB). Spiel- und Dokumentarfilme entstanden in ihren Studios sowie zahlreiche Synchronisationen. DEFA-Filme erfreuten sich keiner großen Beliebtheit, was nicht immer gerechtfertigt war („Paul und Paula“). 1992 kam es zur Privatisierung und zum Verkauf. Der enorme DEFA-Film-Fundus (ca. 6000 Objekte) wurde 1999 in eine öffentlich-rechtliche Stiftung überführt.

Die Nr. 1 der Unterhaltung: das Kino!

Ach ja, das Kino! Schon als Kinder hatten wir es geliebt, und nun wurde es noch aufregender. Das betraf zum einen den Besuch der Vorstellungen mit einem lieben Mädchen an der Seite und zum anderen konnte man endlich Filme „P14" und bald schon „P16" sehen. Na, so viel „Unschickliches" passierte da nicht, aber man kam sich recht erwachsen vor. Peinlich nur, wenn die Platzanweiserin die begleitende junge Dame ohne Weiteres einließ, man selbst aber den Ausweis zeigen musste. Im Gegensatz zu unserer Kinderzeit gab es fast keine Stromsperren mehr und man konnte sich ziemlich sicher sein, den Streifen bis zum Ende sehen zu können.

Wir alle erinnern uns an die tiefe Enttäuschung, wenn die Leinwand schwarz wurde, die düstere Notbeleuchtung ansprang und der Filmvorführer verkündete, das E-Werk habe ihm soeben mitgeteilt, dass es heute keinen Strom mehr gibt. „Ihre Karten behalten volle Gültigkeit!" war da nur ein schwacher Trost. Gute, interessante Filme – und deren gab es nicht wenige – waren zumindest in den Abendvorstellungen ausverkauft. Karten konnte man aber vorbestellen. Mit einem gewissen Stolz schritt man die Warteschlange ab und ging gleich vor zur Kasse: „Ich hatte reservieren lassen!" Der ganze Tag lief beschwingt, wenn man wusste, heute Abend geht's ins Kino. Einige Titel großer Filme, die wir wohl alle kennen, waren beispielsweise: „Chronik armer Liebesleute", „Rot und Schwarz", „Ich denke oft an Piroschka", „Der Graf von Monte Christo"

In den großen Städten gab es „Tageskinos". Die erste Vorstellung begann dort bereits morgens 8 Uhr, die letzte um 22.30 Uhr.

(die Schwarz-Weiß-Verfilmung von 1955 gilt als die mit Abstand beste), „Wenn der weiße Flieder wieder blüht“, „Die blonde Hexe“, „Gas – Oel“, „Fanfan der Husar“, „Lohn der Angst“, „Die Elenden“ (mit Beteiligung der DEFA), „Romeo und Julia“, „Clochemerle“, „Der stille Don“, „Die Kartause von Parma“, „Das Wirtshaus im Spessart“ usw. Natürlich vermissen Sie jetzt diesen oder jenen Film, der Ihnen vielleicht besonders gut gefallen hat – es sollte ja nur eine kleine Erinnerung sein.

Maskottchen des „Magazins“ ist der kleine schwarze Kater gewesen. Werner Klemke, der Grafiker der amüsanten Titelblätter, vergaß nie, ihn mit darzustellen.

In jedem Magazin gab es ein ganzseitiges Aktfoto, das in recht „züchtiger“ Zeit uns junge (und auch ältere) Männer ganz besonders interessierte. Die häufig kunstvollen Aufnahmen entstammten zumeist Arbeiten des Fotografen Peter Rössler.

Zeitschriften – ein Problem

Für die „sozialistische Tagespresse“, das waren in erster Linie die in jedem DDR-Bezirk erscheinenden „Organe der Bezirksleitung der SED“, gab es stets ausreichend Papier, wenn auch in äußerst bescheidener Qualität. Für die zur ideologischen Beeinflussung nicht als so wichtig erachteten Zeitschriften wurde es dagegen stark kontingentiert. So sind die Auflagen nicht allzu hoch gewesen und es war gar nicht so einfach, an „Zeit im Bild“ und „Grüne Post“ (später „Wochenpost“), an „Frau von heute“ und „Unser Rundfunk“ (später „FF dabei“) heranzukommen. Am „Zeitschriftentag“, das ist der Donnerstag gewesen, waren Schreibwarenläden und Zeitungskioske dicht umlagert. Nun, anstehen waren wir ja gewöhnt.

Für eine besondere Zeitschrift genügte anstehen jedoch nicht, da bedurfte es der zu DDR-Zeiten so überaus wichtigen „Beziehungen“. Es geht ums „Magazin“. Hier war ein Auferstehen des Tausch- und Naturalhandels zu beobachten. Pech für den, der etwas nicht zu Bekommendes dringend brauchte, aber kein anderes, ebenso schwierig zu erhaltendes Äquivalent bieten konnte. Nun, manche waren glücklich dran, und so konnte uns Freund Werner im „Magazin“ allmonatlich die „Nack'sche“ zeigen. Kunststück, sein Vater war Fleischermeister und die Frau vom Zeitungsvertrieb liebte Schweinslendchen.

Das sah schon nett aus, das Kleid mit dem Petticoat darunter. Eine hübsche Trägerin verstärkte natürlich den guten Eindruck.

Hula-Hoop und Petticoat

Auf Straßen und Plätzen, auf Schul- und Hinterhöfen – um die schlanken Taillen der weiblichen Jugend wirbelte gegen Ende der 50er-Jahre ein farbenfroher Plaste-Reifen. Ob der Ursprung wirklich bei den polynesischen Hula-Tänzern lag, sei dahingestellt. Hula-Hoop kam aus den USA und war allein deshalb hoch interessant. Für den sportlichen Hula-Hoop-Auftritt gab es die Steghose. Die aber war für die modebewusste junge Dame kein Kleidungsstück für die Straße, zum Schlendern oder gar „Weggehen“. Da trug sie einen glockigen, weitschwingenden Rock. Die angestrebte Form wurde mittels einer besonderen Untertrikotage erzielt. Das war der Petticoat.

Privilegierte Mädchen bekamen einen teuren aus Schaumgummi aus dem Westen, alle anderen mussten sich selbst helfen. Ohne Petticoat ging's jedenfalls nicht! Da wurde aus Leinen und mehrlagig genäht und dann kam das Wichtigste, das Stärken. Das notwendige Mittel gewann das tüchtige Mädchen in Eigenproduktion, die Kartoffelstärke. Gestärkt, getrocknet, gebügelt – und jetzt sah's richtig toll aus. Die jungen Damen standen gern (hinsetzen tat dem Kunstwerk gar nicht gut) und spätestens nach dem dritten Tanz war die ganze Pracht ruiniert.

Noch immer und noch für viele Jahre: Russen in der Stadt. Man sah nur Offiziere, ihr Verhalten war korrekt. Mannschaften kamen höchstens einmal zum „Gruppenausgang" aus der Kaserne.

Ausgelernt

Die drei harten Lehrjahre neigten sich dem Ende zu. Vom ersten Feilenstrich bis zum Präzisionsdrehen, vom Technischen Zeichnen bis zur Werkzeugmaschinenkunde waren wir ausgebildet worden. In den Schweißtechniken, in der Kesselschmiede, im Pumpenbau usw. Selbst Blechtreibarbeiten und Löten gehörte dazu. Die handwerklich gute, umfassende Ausbildung musste ihren Niederschlag im Gesellenstück finden. Das gelang den meisten recht gut. Die Stücke waren praxisbezogen und fast alle konnten nach Freigabe durch die Prüfungskommission sofort ihrem Verwendungszweck zugeführt werden.

Mit einer Abschlussfeier und dem Überreichen der Zeugnisse wurden wir zu Gesellen, zu Jung-Facharbeitern. Einige blieben im Ausbildungsbetrieb, andere wechselten z. B. in Bahnbetriebswerke oder in den Fahrdienst, das heißt als Heizer auf die Lok. Für alle kam das Beste nach Monatsfrist – die erste Lohntüte! Wenn die Gehälter auch noch sehr bescheiden waren, ob 90,– oder 324,– DM Bruttoverdienst war ein Unterschied. Mutter bekam etwa die Hälfte für den Haushalt und mit dem Verbleibenden war man „reich“. Jetzt endlich konnte die lang erträumte hellgraue Flanellhose gekauft werden!

Ein Foto vom Lehrkollektiv mit Arbeitern und Ausbildern, umrahmt vom ganzen sozialistischen Brimborium, den zumindest von uns Lehrlingen nicht ein einziger ernst nahm.

Und endlich 18!

Wir hatten uns natürlich auf den 18. Geburtstag ganz besonders gefreut. Aber der Himmel wurde ab diesem Tag nicht blauer und das Gras nicht grüner als zuvor. Und recht bedacht gab's eher Nachteile. Wenn man suchte, worin der Vorteil bestand, „volljährig" zu sein, kam man eigentlich nur auf einen: „P18" im Kino war keine Hürde mehr, jeder Film durfte nun besucht werden.
Die erste unserer ehemaligen Klassenkameradinnen, gerade erst 18 geworden, waren bereits „unter der Haube"! Zu dieser Zeit „musste" eben noch geheiratet werden. Andere wieder sagten sich: Nein, lieber die Freiheit genießen, Vergnügungen, Freunde und kleine Abenteuer. Und warum nicht daran glauben, dass es aufwärts geht und dass vor uns viele gute, erfüllte Jahre liegen werden?

Nach der letzten mündlichen Abiprüfung (dazu war das Tragen der FDJ-Bluse Vorschrift) schmeckte ein „Eis am Stiel".